U0773133

血字的研究

[英] 阿瑟·柯南·道尔 著

丁钟华 袁棣华 译

群众出版社
·北京·

图书在版编目（CIP）数据

血字的研究／（英）阿瑟·柯南·道尔著；丁钟华，
袁棣华译. —北京：群众出版社，2021.12
（福尔摩斯探案精选丛书）
书名原文：A Study in Scarlet
ISBN 978-7-5014-6149-3

Ⅰ.①血…　Ⅱ.①阿…　②丁…　③袁…　Ⅲ.①侦探
小说—英国—现代　Ⅳ.①I561.45

中国版本图书馆 CIP 数据核字（2021）第 217326 号

血字的研究

[英] 阿瑟·柯南·道尔　著　丁钟华　袁棣华　译

出版发行：群众出版社
地　　址：北京市丰台区方庄芳星园三区 15 号楼
邮政编码：100078
经　　销：新华书店
印　　刷：天津嘉恒印务有限公司

版　　次：2021 年 12 月第 1 版
印　　次：2021 年 12 月第 1 次
开　　本：880 毫米×1230 毫米　1/32
印　　张：4.25
字　　数：116 千字

书　　号：ISBN 978-7-5014-6149-3
定　　价：20.00 元

网　　址：www.qzcbs.com
电子邮箱：qzcbs@sohu.com

营销中心电话：010-83903991
读者服务部电话（门市）：010-83903257
警官读者俱乐部电话（网购、邮购）：010-83901775
文艺分社电话：010-83901730　　010-83903973

出版前言

　　《福尔摩斯探案全集》是世界上最伟大、最畅销的文学作品之一，因其独具匠心的布局、悬念迭起的情节、精妙独特的叙事手法和凝练优美的语言，第一次让侦探小说步入世界文学的高雅殿堂，使侦探小说成为一个独立的文学类别而备受世人赞誉。在高潮迭起的情节中，神探与罪犯对抗、正义与邪恶对立，强烈地吸引着读者去努力寻求答案，让读者感到惊险刺激，却又欲罢不能。这些神奇的探案故事影响了一代又一代人，至今仍然脍炙人口。

　　群众出版社自 1956 年成立，历经六十多年的发展，以翻译出版国外侦探推理小说在出版界和广大读者中享有盛誉，特别是福尔摩斯系列探案故事中译本的出版更具代表意义。群众出版社于 1957 年至 1958 年即约请著名翻译家刘树瀛（笔名倏莹）、严仁曾、丁钟华、袁棣华直接从英文翻译出版了"福尔摩斯探案系列"中的三部长篇小说《巴斯克维尔的猎犬》（刘树瀛译）、《四签名》（严仁曾译）、《血字的研究》（丁钟华、袁棣华译），这是新中国成立后最早出版的关于福尔摩斯探案故事的图书。

　　1978 年，刚刚恢复成立的群众出版社首先对 20 世纪 50 年代出版的"福尔摩斯探案系列"的三部长篇小说进行了全面校订并内部发行，不想这套书一炮打响，十分抢手。在此情况下，群众出版社决定翻译出版《福尔摩斯探案全集》并争取公开发行。历时两年多的认真翻译和精心编校，群众出版社于1981年8月出版了《福尔摩斯探案全集》。

群众版《福尔摩斯探案全集》三卷本自1981年出版发行以来，深受广大读者欢迎，并于1991年荣获第一届全国优秀外国文学图书奖。该书多次重印，成为全国销量最大的《福尔摩斯探案全集》，成为中国读者最为熟悉和推重的版本。四十年以来，虽然福尔摩斯探案故事成为多家出版社的热门出版选题，先后有多种译本被反复出版，群众出版社的"1981年版"始终是广大读者心目中的最佳版本，成为群众出版社的"镇社之宝"。

经过历时三年的精心修订，2014年，我社又出版了《福尔摩斯探案全集》修订版，受到了读者的广泛好评。首先，我社特聘著名英美文学研究专家、厦门大学外国语学院教授林斌女士根据英文版原著对全书译文进行了审核、校正。此项工作艰辛而繁琐，但为后来的修订、编校工作打下了非常良好的基础。参与本书修订工作的编辑们不断提出编校中的各种问题，反复共同研究，确定统一标准，认真核查原著，除了更正错译、漏译之处，修改错别字、表述不当的语句、知识性差错、误用的标点等以外，还对全书译文中的人名、地名、专有名词、注释等进行了统一与规范。

2019年，为了满足不同读者的阅读需求，我们在《福尔摩斯探案全集》（修订版）三卷本的基础上，出版了五卷本（有声版），添加了方便读者扫描和收听的二维码。群众版《福尔摩斯探案全集》五卷本（有声版）从选音录制到最终定稿，历经一年零三个月。全书一百五十余万字，共四个长篇和五十六个短篇，录音总时长近九十个小时，可谓独具匠心之作。

2021年，我社推出了《福尔摩斯探案全集》最新插图有声版，共分三卷。书中每部（篇）作品均添加了音频二维码，使其既可读又可听，为读者带来全新的阅读体验。我们特邀著名插画家许多为本书手工绘制了全新插图一百五十二幅，构图讲究，画风细腻，人物形象生动传神，具有典型的时代风情。

本次出版《福尔摩斯探案全集》中著名的四个长篇《血字的研究》、《四签名》、《巴斯克维尔的猎犬》、《恐怖谷》的单行本，以及《福尔摩斯探案精选》，意在方便读者阅读和携带，希望能带给读者不同的阅读体验。其中，《福尔摩斯探案精选》遴选了作者、读者、评论界认可度较高的探案佳作十二篇。书中保留了《福尔摩斯探案全集》修订版的文字，《福尔摩斯探案全集》五卷本（有声版）的音频二维码和《福尔摩斯探案全集》最新插图有声版中的精美插图，可谓"集所有版本之大成"。读者可以边听边看，十分方便。同时，丰富了图书的品种，以满足不同读者的需求。

群众出版社
2021 年 11 月

目　录

第一部　前陆军军医部医学博士约翰·华生回忆录

目　录

第二部　圣徒之乡

第一部　前陆军军医部
医学博士约翰·华生回忆录

一　夏洛克·福尔摩斯先生

一八七八年，我在伦敦大学获得医学博士学位，然后到内特里去进修军医课程。在那里修完课程以后，我立刻就被分到诺森伯兰郡第五火枪团当助理军医。这个团当时驻扎在印度。还没等我赶到部队，第二次阿富汗战争就爆发了。我在孟买登陆时听说我所属的那个部队已经穿过山隘向前挺进，深入敌境了。虽然如此，我还是跟着一群和我一样掉了队的军官尾随而去，平安抵达了坎大哈。我在那里找到了部队，即刻走马上任。

这次战争让很多人都立了功，升了职，带给我的却只是厄运和灾难。我被调到了伯克郡旅，和这个旅一起参加了迈万德那场殊死激战。战斗中，我肩部中了一枪，被打碎了肩骨，擦伤了锁骨下面的动脉。若不是我那忠勇的勤务兵默里把我抓起来扔到马背上，安全带回英国阵地，我肯定就落到那些残忍的穆斯林士兵手里了。

创痛的折磨，再加上长时间的辗转劳顿，使我虚弱不堪。于是，我和一大批伤员一起，被送到了白沙瓦的后方医院。经过休整，我的健康状况有所好转，并能够在病房里四处走动，甚至还能在走廊上晒一会儿太阳了。可这时我又病倒了，染上了我们印度属地的那种倒霉疫症——伤寒。一连数月，我昏迷不醒，奄奄一息，最后终于苏醒过来，开始康复。但是病后我的身体十分虚弱，形销骨立。医生会诊后决定，立即把我送回英国，事不宜迟。于是，我

就坐上了运兵船"奥伦提斯号"被遣送回国，一个月后在朴茨茅斯的码头上岸。那时，我的健康状况已经糟透了，几乎难以恢复，但是好心的政府给我批了九个月的假，让我将养身体。

我在英国无亲无友，就像空气一样自由。或者说，一个每天收入十一先令六便士的人能有多逍遥，我就有多逍遥。在这种情况下，我自然无法抵御伦敦的诱惑，大英帝国所有的游民、懒汉也都是身不由己地被吸引进这个大污水坑里的。我在伦敦河滨大道一家私人酒店住了一段时间，过着既不舒适又很无聊的生活——钱一到手就花光了，大大超过了我的支付能力。我的经济状况亮起红灯，我很快就明白：我必须离开这个大都市移居到乡下去，要不就得彻底改变我的生活方式。我选择了后一个办法，决心离开这家酒店，另找一个不太奢侈并且花费不大的住处。

就在我做决定那天，我正站在克莱提利安酒吧门前，忽然有人拍了拍我的肩膀。我回头一看，原来是小斯坦福德。他是我在巴兹医院时手下的一个外科手术助手。在这人海茫茫的伦敦城居然能够碰到一个熟人，对于一个孤独的人来说，不亦乐乎。小斯坦福德那时并不是和我特别要好的朋友，但我此刻竟热情地向他招呼起来，而他见到我也面露喜色。我在欣喜之余，立刻邀他跟我到霍尔本餐厅去吃午饭，于是我们就一同乘马车前往。

"你近来到底是怎么了，华生？"当我们的车子嘎吱嘎吱地穿过伦敦拥挤的街道时他问道，惊异之情溢于言表，"看你面黄肌瘦的。"

我简单给他讲了一下我的那些危险经历，刚讲完就到达了目的地。

"可怜的家伙！"听完我的不幸遭遇，他满怀同情地说，"那你现在作何打算呢？"

"我想找个住处，"我回答说，"打算租几间价钱不高而又舒适的房子。不知道有没有可能。"

"这真是怪事！"我的同伴说，"今天你是第二个对我说这种话

华生从阿富汗回到英国伦敦后，
租住在河滨大道一家私人酒店

的人了。"

"头一个是谁?"我问道。

"是一个在医院化验室工作的朋友。今天早晨他还在唉声叹气,因为他找到了几间不错的房子,但是租金很贵,他一个人住不起,又找不到人跟他合租。"

"好啊!"我叫道,"如果他真要找人合住的话,我刚好合适。我觉得有人做伴比单独一个人住要好得多。"

小斯坦福德从酒杯上抬眼惊奇地望着我。"你还不知道夏洛克·福尔摩斯吧?"他说,"你也许会不愿意和他长期做伴呢。"

"为什么,难道他有什么不好吗?"

"哦,我不是说他有什么不好。他只是想法上有些古怪罢了——他热衷于研究一些科学。据我所知,他倒是个很正派的人。"

"他是学医的吧?"我说。

"不是——我一点儿也不清楚他打算做些什么。他精于解剖学,还是个一流的药剂师。但是,据我了解,他从来没有系统地学过医。他研究的东西杂乱无章,也很古怪,但是他却积累了不少稀奇的知识,连他的教授都感到惊讶。"

"你从没问过他在钻研些什么吗?"我问道。

"没有。他不会轻易说出心里话的,虽然有时一时兴起也很健谈。"

"我倒愿意见见他。"我说,"如果我要和人合住,倒宁愿跟一个好学而又沉静的人住在一起。我现在身体还不太好,受不了吵闹和刺激。我在阿富汗已经受够了那种滋味,这辈子再也不想那样了。我怎样才能见到你这位朋友呢?"

"他现在肯定在化验室里。"我的同伴回答说,"他要么就几个星期不去,要么就从早到晚待在那里工作。如果你愿意的话,我们吃完饭就一起坐车过去。"

"当然愿意。"我说。

在我们离开霍尔本餐厅去医院的路上,小斯坦福德又给我讲了一些关于他那位寻求合租的朋友的详细情况。

"如果你和他处不来，可不要怪我。"他说，"我只是在化验室里偶然碰到他，稍微了解一点儿情况而已。既然你自己提议这么办，那就不要叫我担责任。"

"如果我们处不来，散伙也很容易。"我说，"小斯坦福德，你有理由撒手不管。是不是这个人的脾气很可怕？还是有别的原因？不要这样吞吞吐吐的。"

"只可意会，不可言传。"他大笑着答道，"我觉得，福尔摩斯这个人有点儿太过理性——几乎到了冷血的程度。我可以想象，他会拿一小撮植物碱给一位朋友尝尝。你要知道，这并无恶意，只不过是出于一种钻研精神，为了准确了解药效罢了。平心而论，我认为他自己也会一口把它吞下去的。他好像对于真正的知识有着强烈的爱好。"

"这种精神也没错儿呀。"

"是的，不过也未免太过分了。后来，他甚至在解剖室里用棍子抽打尸体。这毕竟是一件怪事吧。"

"抽打尸体？"

"是啊，他那是为了证明人死以后还能造成什么样的伤痕。我亲眼看见过他抽打尸体。"

"你不是说他不是学医的吗？"

"是呀。天晓得他在研究些什么东西。现在我们到了。他到底是怎么样一个人，你自己瞧吧。"

我们走进一条狭窄的胡同，从一个小小的旁门进去，来到一所大医院的侧楼。这是我所熟悉的地方。不用人领路，我们走上了白石台阶，穿过一条长长的走廊。走廊两旁墙壁刷得雪白，有许多暗褐色的小门。靠近走廊尽头有一个低低的拱形过道，一直通往化验室。

这是一间高大的屋子，杂乱地摆放着无数个瓶子。几张又矮又大的桌子横七竖八地四处摆放，上边放着一些蒸馏器、试管和闪动着蓝色火焰的小本生灯。屋子里只有一个人，正在较远的一张桌子边聚精会神地俯身工作。听到我们的脚步声，他回过头来瞧了一眼，接着就跳着大声欢呼起来："我发现了！我发现了！"他对我的同伴喊着，手里举着一个试管向我们跑来。"我发现了一种试剂，只能用血红蛋白来沉淀，别的都不行。"他喜形于色，欣喜的程度丝毫不亚于发现了一座金矿。

"这位是华生医生，这位是福尔摩斯先生。"小斯坦福德给我们介绍说。

"您好。"福尔摩斯热诚地说着，使劲握住我的手。我简直不能相信他会有这么大的力气。"我看得出来，您到过阿富汗。"

"您是怎么知道的？"我吃惊地问道。

"这没什么。"他轻轻一笑，"现在要谈的是血色蛋白质的问题。您一定明白我这个发现的重要性吧？"

我回答说："在化学上，这很有意义，但是在实用方面……"

"先生，这可是近年来法医学上最实用的发现了。难道您不明白这种试剂能使我们在血迹鉴定上万无一失吗？请到这边来！"他急切地拉住我的胳膊，把我拖到他刚才工作的那张桌子前面。"我们弄点儿鲜血。"他说着，用一根又长又粗的针刺破自己的手指，再用一个移液管吸了那滴血。"现在我把这少量鲜血放到一公升水里去。您看，这种混合液与清水无异。血液含量还不到百万分之一。虽然如此，我确信我们还是能够看到一种特定的反应。"说着，他把几粒白色晶体放进这个容器里，然后又加上几滴透明液体。一眨眼，溶液变成了暗红色，一些棕色颗粒分离出来，沉淀到玻璃瓶底。

"哈！哈！"他拍着手喊道，像小孩子拿到新玩具似的兴高采烈，"您看怎么样？"

"看来这倒是一种非常精密的实验。"我说。

"妙极了！简直妙极了！过去用愈创木液检验法，既难操作又不准确。用显微镜检验血液细胞的方法也同样不好。如果血迹已干了几个钟头，再用显微镜就不灵了。现在，不论血迹新旧，这种新试剂看来都一样灵验。要是这个检验方法能早些发现，那么，现在世界上数以百计的逍遥法外的罪人早就受到法律的制裁了。"

"的确如此！"我低声附和。

"许多刑事案件都取决于这一点。也许罪行发生后几个月，才能查出一个嫌疑人。检查了他的衬衣或者其他衣物后，发现上面有褐色斑点。这些斑点究竟是血迹还是泥迹，是铁锈还是果汁的痕迹，或者是其他什么东西？这个问题难倒了不少专家，为什么呢？就是因为没有可靠的检验方法。现在，我们有了夏洛克·福尔摩斯检验法，以后就不会有任何困难了。"

他说话的时候，两眼炯炯有神。他把一只手按在心口，鞠了一躬，好像是在对想象之中正在鼓掌的人群致谢似的。

"我向你表示祝贺。"见他那兴奋的样子，我不无惊讶地说道。

"去年在法兰克福发生过冯·比肖夫一案。如果当时就有这个检验方法的话，那他一定早就被绞死了。还有布拉德福德的梅森、臭名昭著的马勒、蒙彼利埃的利菲弗以及新奥尔良的萨姆森。我可以举出二十多个案件，这个方法都会在其中起到决定性的作用。"

"你好像是犯罪案件的活字典呀。"小斯坦福德大笑起来，"你真可以创办一份报纸，起名叫作《警务新闻旧录》。"

"读读这样的报纸一定很有趣味。"福尔摩斯一面把一小块儿橡皮膏贴在手指伤口上一面说，"我不得不小心一点儿，"他转过脸来对我笑了笑，接着又说，"因为我常接触毒药。"说着，他伸出手来给我看。他的手上几乎贴满了同样大小的一块块橡皮膏，强酸的侵蚀使他的手变了颜色。

"我们到你这里来有点儿事情。"小斯坦福德说着坐在一个三脚高凳上，并且用脚把另一个凳子向我这边踢了踢，"我这位朋友要找个住处。因为你正抱怨找不到人跟你合住，所以我想正好给你们两人撮合一下。"

福尔摩斯听说要跟我合住，似乎很高兴。"我看中了贝克街的一套公寓式的房子，"他说，"对我们两个人完全合适。您不讨厌强烈的烟草气味吧？"

"我总是抽'船'牌香烟。"我回答说。

"那好极了。我通常会有一些化学药品，偶尔也做做实验。不会讨您嫌吧？"

"绝不会。"

"让我想想——我还有别的什么缺点呢？有时我心情不好，一连几天不开口。这种情况下，您不要以为我在生闷气，不必管我，我很快就好了。您也有什么要坦白的吗？两个人在同住以前，最好先彼此了解一下对方最糟糕的一面。"

听到他这样刨根问底，我不禁笑了起来。"我养了一条小虎头狗。"我说，"我的神经受过刺激，最怕吵闹。我每天不一定什么时候起床，并且非常懒。身体好的时候，我还有其他一些坏习惯，但是目前主要就是这些了。"

"您把拉提琴也算作吵闹吗？"他急切地问道。

"那要看拉提琴的人了。"我回答说，"琴拉得好，神仙也享受；拉得不好的话——"

"啊，那就好了。"他高兴地笑着说，"我想，我们可以认为这件事就算谈妥了——我是说，如果您对房子满意的话。"

"我们什么时候去看房子？"

"明天中午您先来找我，我们再一起去，把事情定下来。"他回答说。

"好吧——明天中午准时见。"我握了握他的手说。

我们走的时候，他还在忙着做化学实验。我和小斯坦福德一起朝我住的酒店走去。

"顺便问一句。"我突然站住，转向小斯坦福德说，"真见鬼！他怎么会知道我是从阿富汗回来的呢？"

我的同伴意味深长地笑了笑。"这就是他小小的特别之处。许多人都想知道他究竟是怎么看出问题来的。"

"很神秘，是吧?"我搓着手大声说，"真是有趣极了! 我很感谢你撮合了我们两个。要知道，'研究人类最恰当的途径还是从具体的人着手'。"

　　"嗯，你一定得研究研究他。"小斯坦福德边说边和我告别，"不过你会发现，他很让人费解。我敢担保，他了解你要比你了解他更多。再见!"

　　"再见!"我答了一声，然后慢步走向酒店。新结识的这个朋友让我很感兴趣。

二 演绎法

　　按照福尔摩斯的安排，我们第二天又见了面，并且到上次见面时他提到的贝克街 221B 号看了房子。这套房子共有两间舒适的卧室和一间宽敞而通透的客厅。室内陈设令人愉悦，两个宽大的窗子采光很好，光线充足。无论从哪方面来说，这些房间都很令人满意，均摊后的租金也非常合适。我们当场成交，立刻租了下来。当晚，我就收拾行装从酒店搬了进去。第二天早晨，福尔摩斯也跟着把几只箱子和旅行包搬了进来。我们打开行囊，精心摆放物品，一直忙了一两天。安排妥当以后，我们开始安定下来，逐渐适应了新环境。

　　其实，福尔摩斯并不是一个难以相处的人。他生性好静，生活很有规律，每晚很少拖到十点以后还不睡觉，早晨总是在我起床之前就吃完早饭出去了。有时，他整天都待在化验室或解剖室里，偶尔也步行很远，好像是去伦敦城的贫民窟一带。他工作到兴头上的时候，精力无比旺盛，可是常常也会一连几天躺在客厅的沙发上，从早到晚，几乎一言不发，一动不动。每逢这时，我总看到他的眼睛里有着那么一种半梦半醒、茫然若失的神色。若不是他平日生活严谨而有节制，我真要疑心他服麻醉剂成瘾了。

　　几个星期过去了，我对于他这个人的兴趣以及对于他的生活目的何在的好奇心也日益加深。他的相貌和外表独特，十分引人注目。他身高六英尺有余，身体异常瘦削，显得格外颀长。他目光锐利，但前面提到的茫然若失的时候除外；细长的鹰钩鼻子使他的面部表情显得格外机警、果断。下巴方正而突出，说明他是个非常有毅力的人。双手虽然沾满了斑斑点点的墨水和化学药品，但是动作却异乎寻常地轻柔。在他摆弄那些精致易碎的化验仪器时，我常常有机会在一旁观察。

如果我承认福尔摩斯这个人大大地激发了我的好奇心，而且我也时时想方设法攻破他那矢口不谈自己的缄默壁垒，那么，读者也许要认为我是个不可救药的多事鬼吧。但是，在您下结论以前，请不妨想一想：我的生活是多么空虚无聊，这样的生活中能够吸引我注意力的事物又是多么贫乏（除非是天气特别晴和，我的健康情况又允许我到外面去）；同时，我又没有什么好友来访，打破我单调的日常生活。在这种情况下，我把注意力热切地投向了笼罩在我同伴身上的小小迷雾，大部分时间都消磨在设法揭穿这个谜上。

他并不是学医的。在回答我的一个问题的时候，他自己证实了小斯坦福德说得没错儿。他既不像是为了获得科学学位而在研究任何学科，也不像要获取进入其他任何公众认可的领域的敲门砖，以便跻身于学术界。然而，他对某些方面研究工作的热忱却是惊人的。在一些稀奇古怪的知识领域里，他的学识却异常渊博，因此，他往往出语惊人。肯定地说，如果不是为了某种既定目标，一个人绝不会这样辛勤地工作，也不会谋求这样确切的知识。漫无目标、无书不读的人的知识很难达到如此精湛的地步。除非是为了某种充分的理由，否则绝不会有人愿意在许多细枝末节上这样花费脑力。

他知识贫乏的一面正如他知识丰富的一面同样惊人。关于当代文学、哲学和政治，他几乎一无所知。当我引用托马斯·卡莱尔的话时，他傻里傻气地问我卡莱尔究竟是什么人，做过什么事。然而，最使我惊讶不已的是，我无意中发现，他竟然对哥白尼学说以及太阳系的构成也全然不解。当此十九世纪，一个有知识的人居然不知道地球是在绕着太阳转，简直令我难以理解。

"你似乎感到很吃惊。"见我一副吃惊的样子，他微笑着说，"即便我懂得了这些，我也要尽力把它们忘掉。"

"把它们忘掉？"

他解释道："我认为，人脑本来像一间空空的小阁楼，应该有选择地把一些家具装进去。只有傻瓜才会把他碰到的各种各样的破烂尽收其中，以至于那些对他有用的知识反而被挤了出来，或者说，最多不过是和许多其他的东西掺杂在一起，因此，在取用的时候却无从下手。一个会工作的人在选择要把什么装进他那小阁楼似的头脑中去的时候，确实是非常仔细小心的。除了工作中有用的工具以外，他什么也不带进去，而这些工具又要样样俱全，有条有理。如果认为这间小阁楼的墙壁富有弹性，可以任意伸缩，那就错了。请相信我的话，总有一天，当你增加新知识的时候就会把以前所知的东西忘掉。所以，最要紧的是——不要让一些无用的知识把有用的挤出去。"

"可那是太阳系的问题啊！"我争辩说。

"这与我又有什么相干？"他不耐烦地打断我的话说，"你说地球是绕着太阳转的，即使我们绕着月亮转，这也与我和我的工作没有半点儿关系。"

我刚要问他究竟在忙些什么，但从他的态度中看出来，这个问题也许会引起他的不快。不过，我把我们的简短谈话斟酌了一番，尽力想从中得出一些可资推论的线索来。他说，他不愿去追求那些与他的研究对象无关的知识，因此，他所具有的一切知识当然都是对他有用的了。我就在心中把他了解得特别深的学科一一列举出来。我甚至用铅笔把它们写了下来。写完了一看，我忍不住笑了。原来是这样：

夏洛克·福尔摩斯的学识范围：

1. 文学知识——无。

2. 哲学知识——无。

3. 天文学知识——无。

4. 政治学知识——浅薄。

5. 植物学知识——不全面（对于颠茄、鸦片和毒药知之甚详，对于实用园艺学却一无所知）。

6. 地质学知识——偏于实用，但也有限（一眼就能分辨出不同的土质。散步回来后给我看溅在裤子上的泥点，并能根据泥点的颜色和坚实程度说明是在伦敦什么地方溅上的）。

7. 化学知识——精深。

8. 解剖学知识——准确，但不系统。

9. 惊险文学——广博（似乎对近一世纪发生的一切恐怖事件都深知底细）。

10. 提琴拉得很好。

11. 善使棍棒，也精于刀剑、拳术。

12. 关于英国法律，具有充分的实用知识。

写到这里，我感到很失望，把它扔进了火里。"如果我把这些本领一一联系起来，以求找出一种需要所有这些本领的行业来，然后就能弄清这位老兄究竟在搞些什么的话就好了。"我自言自语，"否则，不如马上放弃为妙。"

我记得在前面曾提到过他拉小提琴的技艺。他提琴拉得很出色，但也像他所有的其他本领一样，有些古怪离奇之处。我深知他能拉出一些曲子，而且还是很难拉的曲子。因为在我的请求之下，他曾经为我拉过几首门德尔松的短歌和一些他所喜爱的曲子。可是当他独自一人的时候，就很少拉出什么像样的乐曲或是大家所熟悉的调子了。黄昏时，他靠在扶手椅上，闭上眼睛，信手拨弄着平放在膝上的提琴。有时琴声高亢而忧郁，有时又美妙而欢畅。显然，这些琴声反映了当时支配着他的某些想法。不过，这些曲调是否助长了这些念头，还是仅仅一时兴之所至，我就无法断言了。对于这些刺耳的独奏，如果不是他常常在这些曲子之后，接连拉上几支我喜爱的曲子作为对我耐心的小小补偿，我真要提出抗议了。

头一两个星期，没人登门拜访我们。我开始怀疑我的同伴也像我一样没有朋友。可是，不久我就发现，他有许多相识，而且是来自各个迥然不同的社会阶层。其中有一个小个子面色发黄，獐头鼠目，长着一双黑色的眼睛。福尔摩斯向我介绍时称他莱斯特雷德先生。此人每星期要来三四趟。一天早上，有个衣着时髦的年轻姑娘

福尔摩斯在他和华生合租的公寓拉小提琴

来了，待了半个多钟头才走。当天下午，又来了一个头发灰白、衣衫褴褛的访客，看上去像个犹太小贩，他的神情非常亢奋，身后还紧跟着一个邋里邋遢的老妇人。还有一次，一位白发绅士前来拜访我的同伴；另外一回，一名身穿棉绒制服的列车员来找他。每当这些奇特的客人出现的时候，夏洛克·福尔摩斯总是请求让他使用客厅，我也只好回到卧室里去。他总是因为给我带来这样的不便而向我道歉。"我不得不利用这间客厅作为办公场所。"他说，"这些人都是我的客户。"这一次，我又碰上一个单刀直入向他提问的机会，但是，为了谨慎起见，我又没有迫使他对我坦言真相。我当时想，他避而不谈他的职业，一定有充分的理由，但他不久就主动地提起这个问题，打消了我原有的疑虑。

我清楚地记得，那是三月四日，我比平时起得早些，发现福尔摩斯还没吃完早餐。房东太太一向知道我有晚起的习惯，因此餐桌上没有摆放我的餐具，我的咖啡也没有备好。我一时没有道理地发起火来，立刻按铃，唐突地告诉房东太太，我已准备好要进早餐。然后，我从桌上拿起一本杂志，试图借此消磨时间，而我的同伴却默不作声，只管大嚼他的烤面包。杂志上有一篇文章的标题下面画了铅笔道，我自然先从这一篇看起。

文章的标题似乎有些夸大，叫《生活宝鉴》。文章企图说明，一个善于观察的人如果对他所接触的事物加以精确而系统的观察，他将有多大的收获。我觉得这篇文章虽有其精明独到之处，但也未免荒唐可笑。它推理严密而紧凑，在我看来却未免牵强附会，夸大其词。作者声称，从一个人瞬间的表情、肌肉的每一次牵动以及眼睛的间或一转，都可以推测出他内心深处的想法来。按照他的说法，一个在观察和分析上训练有素的人是不可能被蒙骗的，他所作出的结论与欧几里得定律一样准确。而在外行看来，这些结论确实惊人；在弄明白他得出结论的过程以前，他们很可能会把他当作一个未卜先知的神人。

"从一滴水上，"作者说，"一个逻辑学家能推测出大西洋或尼亚加拉瀑布有可能存在，无须耳听眼见。所以，所有的生命就是一个巨大的链条，只要见到其中的一环，整个链条的性质便可推知。推断和分析的科学也像其他技艺一样，只有经过长期的耐心钻研才能掌握；人们一生也无法达到登峰造极的地步。初学者在着手研究极其困难的事物的道德和心理方面的问题以前，不妨先从较浅显的问题入手。比如遇到了一个人，一瞥之间就要辨识出这人的历史和职业。这样的训练看似幼稚无聊，却能使人的观察能力变得敏锐，并且教会人应该从何看起，应该看些什么。一个人的手指甲、衣袖、靴子和裤子的膝盖部分、大拇指与食指之间的老茧、面部表情、衬衣袖口等，上述每一点都能使他的职业暴露无遗。如果这些情形加在一起还不能使有能力的调查者恍然领悟，那几乎是难以想象的事了。"

"真是废话连篇！"读到这里，我把杂志往桌上啪地一丢，大声说，"我一辈子也没见过这么无聊的文章。"

"哪篇文章？"福尔摩斯问道。

"唔，就是这篇。"我一面坐下来吃早餐，一面指着那篇文章说，"我想，你已经读过了，因为你在上面画了铅笔道。我并不否认这篇文章写得很漂亮，但它让我恼火。这肯定是一个饱食终日、无所事事的懒汉坐在书房里闭门造车空想出来的一套似是而非、华而不实的理论，一点儿也不切合实际。我真想把他关进一节地铁的三等车厢里，叫他把所有乘客的职业一一说出来。我愿跟他打个赌，一千对一的赌注都行。"

"那你就输定了。"福尔摩斯冷静地说，"这篇文章是我写的。"

"是你？"

"对。我既擅长观察，又擅长推理。我在这里提出的理论在你看来荒谬绝伦，其实它却非常实际——我就是靠它来挣饭吃的。"

"怎么说？"我不禁问道。

"哦，我有自己的职业。我想，全世界干这行的只有我一个。我是一个咨询侦探，也许你能理解这是一个什么行业吧。在伦敦城有许多官方侦探和私人侦探。这些人遇到困难的时候就来找我，我设法帮他们找到线索。他们把所有的证据提供给我，我一般都能凭着我掌握的知识，把他们的错误纠正过来。犯罪行为都有相似之处，如果你熟谙一千个案子的详情细节，无法解释第一千零一个案子的话，那才怪呢。莱斯特雷德是一位著名的侦探，最近他在一桩伪造案里坠入迷雾，所以才来找我。"

"还有另外那些人呢？"

"他们多半是由私人侦探指点来的。他们都遇到些麻烦，需要别人指点。我仔细听他们讲事实经过，他们则听取我的意见，然后费用就装进了我的口袋。"

"你的意思是说，"我说，"别人虽然亲眼目睹了每个细节，但都无法解决，而你足不出户却能解释某些疑难问题？"

"确实如此。我有那么一种直觉。间或也会遇到一件稍微复杂些的案件，那我就得奔波一番，亲自出马侦查。你知道，我有许多特殊的知识，把这些知识应用到案件上去，就能使问题迎刃而解。这篇文章里所提到的几个推断法则让你见笑了，但在实际工作中对我却价值无比。观察力是我的第二天性。初次会面时我就说你是从阿富汗回来的，你当时好像还很惊讶。"

"有人告诉过你，毫无疑问。"

"没有的事。我当时一看就知道你是从阿富汗回来的。长久以来养成的习惯，一系列的思索飞速掠过我的脑际，因此在我得出结论时竟未觉察到中间环节。但是，结论是一步步得出的。推理过程是这样的：'这位先生像是医生，却有军人气质，他显然是个军医。他是刚从热带回来的，因为他面色黝黑。但是，从他手腕的白皙皮肤看，这并不是他原来的肤色。他面容憔悴，很明显他吃过苦，生过病。他左臂受过伤，现在还有些活动不便。试问，一名英国军医在热带地方受了苦，手臂还受过伤，他能在什么地方待过呢？肯定是阿富汗了。'这一连串的思考历时不到一秒钟，我便说出你是从阿富汗回来的，你当时大吃一惊。"

"听你这样一解释，这件事还是相当简单的呢。"我微笑着说，"你使我想起了埃德加·爱伦·坡笔下的杜班。想不到现实生活中真有这种人。"

福尔摩斯站了起来，点燃他的烟斗。"你一定以为，把我和杜班相提并论是抬举我。"他说，"在我看来，杜班实在是个低能儿。他先静默一刻钟，然后才突然道破朋友们的心事。这种伎俩其实既做作又浅薄。不错，他有些分析问题的天分，但绝不像爱伦·坡想象的那么了不起。"

"你读过加博里奥的作品吗？"我问道，"你觉得勒考克算得上一个好侦探吗？"

福尔摩斯轻蔑地哼了一声。"勒考克是个可怜的笨蛋！"他恶声恶气地说，"他只有一点还值得一提，那就是精力旺盛。那本书简直让我恶心。书中的主题只是如何辨识一个不知名的囚犯。我能在二十四小时之内解决这个问题。勒考克却用了六个月左右。真可以给侦探们当教科书了，指导他们应当避免些什么。"

听他把我所钦佩的两个人物说得一文不值，我非常恼怒。我走到窗口，望着下面热闹的街道。

"这个人也许非常聪明，"我自言自语地说，"但是他太自负了。"

"这些天来一直没有罪案发生，"他不满地说，"干我们这行的，聪明才智有什么用？我深知我的才能足以使我成名。从古到今，从来没有人像我这样，在刑侦方面这么有研究，又有天赋。可结果怎样呢？竟没有罪案可以侦查。只有些简单的罪案，犯罪动机一目了然，就连苏格兰场①的人也能一眼识破。"

对于他这种大言不惭的讲话方式，我余怒未息。我想，最好还是换个话题。

"那个人在找什么？"我指着一个体格魁梧、衣着朴素的人问道。那人在马路对面一边走一边看门牌号码，手中拿着一个蓝色大信封，分明是个送信的人。

"你是说那个退伍的海军陆战队士官吗？"福尔摩斯说。

又在吹牛说大话！我心中暗想，他明知我没法儿证实他的猜测是否正确。

---

① 英国首都伦敦警察厅的代称。——译者注

这个念头还没有从我的脑中消逝，就见那个人看到了我们的门牌号码，从街对面飞快地跑了过来。先是一阵急促的敲门声，然后楼下有人用低沉的声音说话。接着，楼梯上便响起了沉重的脚步声。

"这是给福尔摩斯先生的信。"他说着，走进房来，把那封信递给了福尔摩斯。

这正是挫败福尔摩斯傲气的好机会。他方才信口胡说，绝没想到眼下这种情形。

"请问，小伙子，"我尽量用温和的声音说，"你的职业是什么?"

"我是当差的，先生。"他粗声粗气地回答，"制服被拿去修补了。"

"你过去是做什么的?"我一面问他，一面略带恶意地瞟了福尔摩斯一眼。

"军士，先生。我在皇家海军陆战轻步兵队服过役。先生，没有回信吗? 好吧，先生。"

他并拢脚跟，举手敬礼，然后走了出去。

三　劳里斯顿花园街谜案

　　我承认，福尔摩斯的理论的实用性又一次得到了证实。这使我对他的分析能力更加钦佩了。但是，我心中仍然潜藏着某些怀疑，唯恐这是他事先布置好的圈套，意在让我折服。至于这样做的目的何在，我就不能理解了。当我瞧着他的时候，他已读完来信，两眼茫然，若有所思。

　　"你是怎么推断出来的呢？"我问。

　　"推断什么？"他粗声粗气地问道。

　　"嗯，你怎么知道他是个退伍的海军陆战队士官？"

　　"我没空闲聊。"他粗鲁地回答说，然后又微微一笑。"请原谅我的无礼。你把我的思路打断了。你真的看不出那人曾是个海军陆战队士官吗？"

　　"真的看不出。"

　　"看出来容易，解释起来难。要你证明二加二等于四，你大概觉得有些难，可你却知道这是毫无疑问的事实。我隔着一条街就看见这个人手背上刺着一只蓝色大锚，那是海员的特征。他的举止又颇有军人气派，还留着军人式的络腮胡。由此可见，他是个海军陆战队队员。他的态度有点儿自高自大，而且带有一些发号施令的神气。你一定也看到他那副昂首挥杖的姿态了吧。从外表上看，他又是一个既稳健而又庄重的中年人。根据这些情况，我认为他当过士官。"

　　"妙极了！"我情不自禁地喊道。

"这也没什么。"福尔摩斯说。但是，从他的表情可以看出，见到我流露出惊讶而钦佩的神情，他感到很高兴。"我刚才还说没有犯罪呢。看来我是说错了——瞧这个！"

他把当差的送来的那封短信递给我。

"哎呀，"我扫了一眼便不由得叫了起来，"这真可怕！"

"看来确实有点儿不寻常。"他很镇静地说，"请把信给我大声念一念，好吗？"

下面就是我念给他听的那封信。

亲爱的福尔摩斯先生：

　　昨夜，布里克斯顿路附近的劳里斯顿花园街 3 号发生了一起凶杀案。凌晨两点钟左右，我们的巡警忽见该处有灯光。因该房无人居住，故怀疑出了什么差错。他发现房门大开，前室空无一物，内有男尸一具，衣着齐整，袋中装有名片，上书"伊诺克·特雷伯，美国俄亥俄州克利夫兰城"。既无抢劫迹象，亦未发现任何能说明致死原因之证据。屋中虽有几处血迹，但死者身上并无伤痕。死者如何进入空屋，我们百思莫解，深感此案棘手之至。望能在十二时以前惠临，我将在此恭候。在接奉回示前，现场一切均将保持原状。如果不能莅临，亦必将详情奉告。倘蒙指教，则不胜感激之至。

托拜厄斯·格雷格森上

"格雷格森的精明在伦敦警察厅首屈一指。"我的朋友说，"他和莱斯特雷德都算是那一群蠢货之中的佼佼者。他们两人都眼明手快，精力充沛，但都因循守旧，而且守旧得厉害。他们还彼此钩心斗角，就像两个卖笑妇人似的相互妒忌。如果这两个人都插手这件案子的话，一定会闹出笑话来的。"

见福尔摩斯还在不慌不忙、若无其事地侃侃而谈，我非常惊讶。

"一分钟也不能耽误了!"我大声叫道,"要我去给你雇辆马车吗?"

"去不去还不一定呢。我确实是世界上少有的懒鬼——只是当我的懒劲儿上来的时候才这样,因为有时我也行动敏捷呢。"

"什么?这不正是你梦寐以求的机会吗?"

"亲爱的朋友,这与我何干?我如果把这件案子全盘解决了,格雷格森和莱斯特雷德那帮人肯定会把全部功劳据为己有,因为我是个非官方人士。"

"但是他现在是求助于你呀。"

"是的。他知道我胜他一筹,并向我当面承认过。但是,他宁愿割掉自己的舌头,也绝不愿在第三者面前承认这一点。虽然如此,我们还是可以瞧瞧去。我可以自己单干,一个人破案。即使我得不到什么,也可以嘲笑他们一番。走吧!"

他披上大衣,那种匆忙的样子说明他跃跃欲试的兴致已压倒了消极冷淡的一面。

"戴上你的帽子。"他说。

"你希望我也去吗?"

"是的,如果你没有别的事情要做的话。"

一分钟以后,我们坐上了一辆马车,急急忙忙地赶往布里克斯顿路。

这是一个阴沉多雾的早晨,屋顶上笼罩着一层灰褐色的帷幔,与下面泥泞的街道相互映衬。

我的同伴兴致很高,喋喋不休地大谈意大利克雷莫纳出产的提琴以及斯特拉迪瓦里提琴与阿玛蒂提琴之间的区别。而我却一言不发,静静地听着。沉闷的天气和这种令人伤感的差事使我情绪消沉。

"你似乎对眼前的这件案子不太上心哦。"我终于打断了福尔摩斯有关音乐的高论。

"还没有材料哪。"他回答说,"在还没有掌握全部证据之前就下结论会犯严重的错误,会使判断带有偏见。"

"你很快就可以得到材料了。"我一面说，一面用手指着前面。"若是我没弄错的话，这就是布里克斯顿路，那里就是事发的房子。"

"正是。停下，车夫，停！"我们离那所房子还有一百码①左右时，他坚持要下车，剩下的一段路步行过去。

劳里斯顿花园街3号从外表看就像一座凶宅。这里有四幢房子，离街稍远，两幢有人居住，两幢空着。空房的临街一面有三排窗子，由于无人居住，显得景况凄凉。玻璃上贴着很多"招租"的帖子，好像眼睛上生的白翳一样。每座房前都有一个草木丛生的小花园，把房子和街道隔开。小花园中有一条土黄色小径，显然是用黏土和石子铺成的。一夜大雨使得到处泥泞不堪。花园四周有砖砌的围墙，高约三英尺，墙头上装有木栅。一名身材魁梧的警察倚墙而立，被几个闲人簇拥着。这些人引颈翘首地往里张望，希望能瞧见里面的情景，但是什么也瞧不见。

我原以为福尔摩斯会立刻奔进屋去，马上动手研究这起神秘的案件。可是他似乎并不着急，显出一副漫不经心的样子。在目前这种情况下，我认为这未免有点儿装腔作势。他在人行道上走来走去，茫然地注视着地面，一会儿又凝视天空和对面的房子，以及墙头上的木栅。他仔细地查看以后，慢慢地走上小径，仔细地观察着小径的地面。他有两次停下脚步，有一次我看见他还露出笑容，并且听到他满意地欢呼了一声，因为他在泥泞的地上发现了许多脚印。警察来来往往地从上面踩过，我真不明白我的同伴怎么从这上面辨认出脚印来的。我先前已经见识过他如何出奇地证明了他对事物的敏锐的观察力，因此，我相信，他定能看出许多我视而不见的东西。

在这所房子的门口，有一个头发浅黄、脸色白皙的高个子男人过来迎接我们，他的手里拿着一个笔记本。他跑上前来，热情地握住我同伴的手。

---

① 英美制长度单位，1 码等于 3 英尺，合 0.9144 米。——编者注

"你来了，实在太好了！"他说，"我叫人一切都保持原状。"

"可那里除外！"我的朋友指着那条小路说，"即使一群水牛从这里走过，也不会弄得比这更糟了。不过，毫无疑问，格雷格森，你准自以为已得出了结论，才允许别人这样做的吧。"

"我在屋里都忙不过来呢。"格雷格森侦探含糊其词地说，"我的同事莱斯特雷德先生也在，我把外边的事都交给他了。"

福尔摩斯瞟了我一眼，嘲弄似的扬了扬眉毛。"有你和莱斯特雷德这么两个人在场，第三个人就没多少可发现的了。"他说。

格雷格森得意地搓着双手。

"我认为我们已经竭尽全力了。"他说，"不过，这个案子很离奇，我知道这正合你的胃口。"

"你没坐马车来吗？"福尔摩斯问道。

"没有，先生。"

"莱斯特雷德也没坐吗？"

"他也没有，先生。"

"那么，我们到屋子里去瞧瞧。"问过这些不着边际的问题之后，福尔摩斯大踏步走进房中。

格雷格森跟在后面，脸上露出惊讶的神色。

有一条短短的过道通向厨房和办公室，过道没有铺地毯，灰尘满地。过道左右各有一扇门。其中一扇分明已有多个星期没有开过了。另一扇是餐厅的门，谜案就发生在这个餐厅里面。福尔摩斯走了进去，我跟在他的后面。人命关天，我感到心情异常沉重。

这是一个方形大房间，由于没有家具陈设，因此显得格外宽大。墙上糊着廉价而俗艳的壁纸，有些地方生了斑斑点点的霉迹，有的地方还一条条地剥落下来，露出里面发黄的石灰墙。门对面有一个漂亮的壁炉，壁炉架是用白色的仿大理石做的，一端放着一段红色的蜡烛头。屋里只有一个窗子，异常污浊；室内非常昏暗，到处都蒙上了一层黯淡的灰色。整座公寓积土尘封，更加深了这种色调。

这些细节都是我后来才观察到的。此刻，我的注意力集中在那具狰狞可怖的尸体上：他僵卧在地板上，一双茫然无光的眼睛凝视着天花板。这是一个大约四十三四岁的男子，中等身材，阔肩膀，一头卷曲的黑发，留着短硬的络腮胡。他身穿厚厚的绒面呢礼服上衣和背心，浅色裤子，衣领和袖口一尘不染。身旁地板上有一顶整洁的大礼帽。死者双拳紧握，两臂伸张，双腿交叠，似乎经过一番痛苦的垂死挣扎。他那僵硬的脸上呈现出一种恐怖的神情，照我看来，这是仇恨的表情，是我平生在人脸上从未见过的。这种充满恶意的扭曲面容非常可怖，再配上低前额、蒜头鼻和撅下巴，死者看来很像一只怪模怪样的类人猿。此外，他那极不自然的扭曲姿态更加深了这种印象。我曾经见过各式各样的死人，但是还从未见过比这个伦敦市郊大道旁的这所黑暗、污浊的公寓中更为可怖的景象。

莱斯特雷德这时正站在门口，向我和我的朋友打招呼。他身材瘦削，还像从前那样如雪貂般警觉。

"这个案子一定会引起轰动，先生。"他说，"我也不是新手了，可是还从没见过这么离奇的事。"

"没有线索吗？"格雷格森问。

"一点儿也没有。"莱斯特雷德回答说。

福尔摩斯走到这具尸体跟前，蹲下来全神贯注地检查着。

"你们肯定没有伤口吗？"他指着四周多处斑斑点点的血迹问道。

"毫无疑问！"两名侦探大声回答。

"那么，这些血迹一定是另一个人的——也许是凶手的，如果这是一起凶杀案的话。它使我想起了一八三四年乌得勒支的范·詹森之死的案发现场。格雷格森，你还记得那个案子吗？"

"不记得了，先生。"

"你真该把这个旧案温习一下。世上本就没有什么新鲜事，都是前人做过的。"

他边说边用灵敏的手指这里摸摸，那里按按，一会儿又解开死人的衣扣检查一番。他的眼里又现出前面我谈到的那种茫然的神情。他检查得非常迅速，而且细致和认真的程度出人意料。最后，他嗅了嗅死者的嘴唇，又瞟了一眼死者漆皮靴子的靴底部位。

"尸体一直没有动过吗？"他问道。

"除了进行我们必要的检查以外，再没有动过。"

"现在可以把他送去太平间了，"他说，"无须再做其他检查了。"

格雷格森已备好了一副担架和四个抬担架的人。他一招呼，他们就走进房间，将死者抬了出去。当他们抬起死尸时，一枚戒指当啷一声滚落在地板上。莱斯特雷德连忙把它捡了起来，大感不解地盯着它看。

"有女人来过！"他大声说，"这是一只女式婚戒。"

他边说边伸出托着戒指的手掌。我们都围上去仔细端详。毫无疑问，这只素金戒指曾经装饰过新娘的手指。

"这就使案情复杂化了。"格雷格森说，"天呐，这个案子本来就够复杂的了。"

"你怎么知道它就不会使案情变得简单一些呢？"福尔摩斯说，"这样傻瞪着它没用。你在衣袋里发现了什么？"

"都在这儿。"格雷格森指着楼梯最后一级上的一小堆东西说，"一只金表，伦敦巴罗德公司生产，编号97163。一条又重又结实的爱尔伯特金链。一枚金戒指，上面刻着共济会会徽。一枚金别针，上面有斗牛犬头像，狗眼是两颗红宝石。俄国皮革名片夹，里面有印着'克利夫兰，伊诺克·特雷伯'的名片，打头字母与衬衣上的缩写字母 E. J. D. 相符。没有钱包，只有些零钱，一共七英镑十三先令。一本袖珍版的薄伽丘小说《十日谈》，扉页上写着约瑟夫·斯坦杰逊的名字。两封信——一封是寄给 E. 特雷伯的，一封是给约瑟夫·斯坦杰逊的。"

"寄到什么地址？"

"河滨路美国交易所——留交本人自取。两封信都寄自盖恩汽船公司，内容是通知他们轮船从利物浦起航的日期。显然，这个倒霉的家伙正要回纽约去呢。"

"你们调查过斯坦杰逊这个人吗？"

"先生，我当时立刻就调查了。"格雷格森说，"我已经派人把广告送到各家报馆，另外又打发一名手下去了美国交易所，现在还没有回来呢。"

"你们跟克利夫兰方面联系了吗？"

"今天早晨就拍了电报。"

"你们是怎样措辞的？"

"我们只是把情况详细说明一下，并且说，希望他们提供对我们有帮助的任何情报。"

"对于你认为是关键性的问题，你没有详细追问吗？"

"我问到了斯坦杰逊。"

"没有别的吗？难道就没有一个对整个案子至关重要的问题？你不能再拍个电报吗？"

"该说的我都说了。"格雷格森恼火地说。

夏洛克·福尔摩斯暗自一笑，似乎想要说些什么。这时，莱斯特雷德又来了，扬扬自得地搓着双手。我们和格雷格森刚才在大厅里谈话时，他在前屋里。

"格雷格森先生，"他说，"我刚发现了一件顶顶重要的事情。要不是我仔细地检查了墙壁，就会把它忽略了。"

这个小个子说话时，眼睛闪闪发光，显然是为了胜过同僚一招儿而暗自狂喜。

"到这里来。"他边说边忙不迭地回到前屋。由于死尸已经抬走，屋里的空气似乎清新了许多。"好，站在那里！"

他在靴子上划燃了一根火柴，举起来照着墙壁。

"瞧瞧那个！"他得意地说。

我前面说过，墙纸已部分剥落。这个墙角有一大片剥落，露出一块粗糙的黄色石膏墙。在这处裸墙上，有两个用鲜血潦草写成的字：RACHE①。

---

① 此为德文，意为"复仇"。为方便读者阅读，后文皆译作"雷切"。——编者注

莱斯特雷德用火柴照着墙上的血字

"你们对此有什么看法？"这个侦探像节目主持人那样大声说道，"这两个字之所以被人忽略，是因为它们在屋里最黑暗的角落，谁也没想到看看这里。凶手是蘸着他或她自己的血写的。瞧，还有血顺墙流下的痕迹呢！无论如何，这就排除了自杀的可能。为什么要选择这个角落写呢？我可以告诉你们。看壁炉上的那段蜡烛！当时它是点燃的。如果点着它，这个角落就是墙上最亮而不是最暗的地方了。"

"你觉得这两个字有什么意义吗？"格雷格森轻蔑地说。

"这说明写字的人是要写一个女人的名字'雷切尔'，但是还没来得及写完就有什么事打扰了他。记住我的话，等到这个案子真相大白以后，你们一定会发现一个名叫'雷切尔'的女人与案子有关。你现在尽可以笑话我，福尔摩斯先生。你确实非常聪明能干，但姜还是老的辣。"

我的同伴听了他的意见后，不禁纵声大笑起来，令这个小个子非常恼火。福尔摩斯说："实在抱歉！你是我们当中第一个发现字迹的，确实功不可没。而且如你所说，它充分表明，字是昨夜谜案中的另一个参与者所写。我还没来得及检查这个房间。你如果允许，我现在就要进行检查。"

他从口袋里拿出一个卷尺和一个很大的圆形放大镜，在屋里走来走去，时而站住，时而跪下，有一次竟趴在了地上。他全神贯注地工作着，似乎忘记了我们在场。他一直在喋喋不休地低声自语，一会儿惊呼，一会儿叹息，有时吹起口哨，有时又像充满希望、受到鼓舞似的小声叫起来。看着他，我不禁想到一只训练有素的纯种猎狐犬，在树丛里跑来跑去，跃跃欲试地狺狺吠叫，直到它嗅出猎物的踪迹才肯罢休。他检查了二十多分钟，小心翼翼地测量了一些痕迹之间的距离，而这些痕迹我是一点儿也看不出来的。他不时用卷尺测量墙壁，同样令人感到莫名其妙。在某处，他非常小心地从地板上捏起一小撮尘土，放进一个信封里。最后，他用放大镜非常仔细地查看了一番墙壁上的血字。这件事做完之后，他似乎满意了，把卷尺和放大镜装进了衣袋。

"有人说，'天才'就是无止境地吃苦耐劳的本领。"他微笑着说，"这个定义下得很不恰当，但是在侦探工作上倒还适用。"

格雷格森和莱斯特雷德十分好奇并且带着几分轻蔑地一直看着这位业外同行的动作。他们分明无法理解我现在已经渐渐领会到的这个事实——福尔摩斯的每个最细微的动作都具有某个明确的实际目的。

"你有什么想法，先生？"他们两人齐声问道。

"如果我擅自决定帮你们，那就会夺走你们破这个案子的功劳了。"我的同伴说，"你们现在进展顺利，任何人都不宜从中插手。"他话语中满含讥讽。"如能告知你们的调查进展，"他接着又说，"我也愿尽力协助。现在我还要和发现尸体的那位警察谈一谈。可以把他的姓名、住址告诉我吗？"

莱斯特雷德看了看他的记事本。

"他叫约翰·兰斯。"他说，"他现在下班了。你可以到肯宁顿花园门路的奥德利大院46号去找他。"

福尔摩斯把地址记了下来。

"走吧，医生！"他说，"我们去找他。我告诉你们一件事情，或许有助于你们破案。"他回过头来又对两个侦探继续说道，"这是一件谋杀案，凶手是个男人。他身高六英尺多，正值壮年，与身材相比脚小了一点儿，穿着一双粗皮方头靴子，抽的是特里奇诺波利雪茄烟。他是和被害者同乘一辆四轮马车来的，一匹马拉车，马有三只蹄铁是旧的，右前蹄的蹄铁是新的。凶手很可能脸色赤红，右手指甲明显很长。这仅仅是几点提示，但是对于你们两位也许有点儿帮助。"

莱斯特雷德和格雷格森面面相觑，露出一种表示怀疑的微笑。

"如果这个人是被杀死的，那么谋杀又是怎样实施的呢？"莱斯特雷德问道。

"毒药。"福尔摩斯说完，大步向外走去。"还有一点，莱斯特雷德，"走到门口时，他又回过头来补充说，"在德文中，'雷切'是'复仇'的意思，所以，别再浪费时间寻找那位'雷切尔小姐'了。"

讲完这几句尖刻的临别赠言，福尔摩斯转身就走，被抛下的两位对手顿时目瞪口呆地愣在那里。

四　警察兰斯的叙述

我们离开劳里斯顿花园街 3 号时已是午后一点钟了。夏洛克·福尔摩斯到附近的电报局发了一封电报。然后，他叫了一部马车，吩咐车夫把我们送到莱斯特雷德提供的那个地址。

"什么也比不上一手证据。"福尔摩斯说，"其实，这个案子我早已胸有成竹，可我们还是要把所有需要了解的情况弄个清楚。"

"你真让我吃惊，福尔摩斯。"我说，"刚才你所说的那些细节，你自己也不见得像你假装的那样有把握吧？"

"不会有错。"他回答说，"一到那里，我首先看到，紧挨着马路石沿儿有两道马车车轮轧过的痕迹。昨晚下雨以前一个星期都是晴天，所以，留下这个车轮印的马车一定是在夜间到那里的。此外，还有马蹄印，其中有一个蹄印比其他三个都要清楚得多，这说明那只蹄铁是新换的。这辆马车既然是在开始下雨以后到来的，同时根据格雷格森所说，整个早晨又没有车辆来过，由此可见，这辆马车一定是昨天夜间就来过，也正是这辆马车把那两个人送到空房那里去的。"

"好像很简单哦。"我说，"但是，其中一人的身高你又是怎样知道的呢？"

"嗯，一个人的身高十之八九可以由他的步幅推知。计算方法虽然很简单，但是现在我拿些数字来烦你也没有什么用处。我是在屋外的地上和屋内的尘土上量出那个人的步幅的。接着，我又发现了一个验算结果的办法。人在墙壁上写字的时候，会本能地写在与视线齐平的地方。现在字迹离地面刚好六英尺。这如同儿戏一样简单。"

"还有他的年龄呢？"我又问道。

"能够毫不费力地一步跨出四英尺半的人绝不会是一个老者。花园甬道上就有那么宽的一个水洼，他分明是一步迈过去的。穿漆皮靴子的人是绕着走的，穿方头靴子的人则是从上面越过去的。这丝毫没有什么神秘之处。我只不过是把我那篇文章中所提出的一些观察事物和推理的方法应用到日常生活中罢了。你还有什么不解的地方吗？"

"手指甲和印度雪茄烟呢？"我又问道。

"墙上的字是一个人用食指蘸着血写的。我用放大镜看出，写字时有些墙皮被刮了下来。如果这个人的指甲修剪过，绝不会是这样的。我还从地板上收集到一些散落的烟灰，它的颜色很深而且呈片状，只有印度的特里奇诺波利雪茄的烟灰才会是这样的。我曾经专门研究过雪茄烟灰，还写过这方面的专题论文呢。我可以夸口，无论什么名牌的雪茄或纸烟的烟灰，我只要看上一眼，就能识别出来。正是在这些细枝末节的地方，一个干练的侦探才与格雷格森、莱斯特雷德之流有所不同。"

"还有那个红脸的问题呢？"我又问道。

"啊，那就是一个更为大胆的推测了。然而，我确信我是正确的。在这个案件目前的情况下，你暂且不要问我这个问题吧。"

我用手拂了一下前额。

"真有点儿晕头转向了，"我说，"越想越觉得神秘莫测。如果真是两个人的话，那么这两个人是怎么进入空屋的？送他们去的车夫又怎么样了？一个人怎能迫使另一个人服毒呢？血又是从哪里来的？这案子既然不是图财害命，凶手的目的又是什么？那只女式戒指又是从哪儿来的？最要紧的是，凶手在逃走之前为什么要在墙上写下德文'复仇'一词呢？老实说，我实在想不出怎样把这些一一地联系起来。"

我的同伴赞许地微笑着。

"你把案中的疑难之处总结得简明扼要，很好。虽然在主要事实上我已有眉目，但仍有许多地方不清楚。至于莱斯特雷德发现的那个血字，暗示这是社会党或秘密团体所为。可这只不过是障眼法，企图把警察引入歧途罢了。那两个字并非出自德国人之手。你如果注意看一下，就可以看出字母'A'多少是仿照德文的样子写的，而真正的德国人写的却总是拉丁字体。因此，我们可以十拿九稳地说，这绝不是德国人写的，而是出于一个拙劣的模仿者，并且他做过头了。这不过是想要把侦查工作引入歧途的一个诡计而已。医生，关于这个案子我不打算再给你讲更多了。你知道，魔术师一旦把自己的戏法说穿，他就得不到赞赏了。如果过多地向你透露我的工作方法的话，那么，你就会下结论，说我不过是一个十分平常的人罢了。"

"我绝不会这样。"我说，"侦探术迟早要变成一门精确的科学，而你已经差不多把它发展起来了。"

我的同伴听了这话，而且见我说得诚恳，高兴得涨红了脸。我早就看出，他听到别人对他的侦探成就加以赞扬时，就会像一个姑娘听到别人称赞她的美貌时一样高兴。

"我再告诉你一件事。"他说，"穿漆皮靴和穿方头靴的两个人是同乘一辆车来的，而且好像非常友好，很可能还是手挽手一起从花园小路上走过来的。进屋以后，他们还在里面走来走去。或者更确切地说，穿漆皮靴的站立不动，而穿方头靴的在屋中四处走动。我从地板上的尘土就能看出这些情况来，同时我也能看出，他越来越激动，因为他的步子越走越大。他一直在讲话，终于狂怒起来，于是惨剧就发生了。现在我把自己知道的一切都告诉你了，剩下的只是一些猜测和臆断了。不过，我们已有了着手工作的良好基础。必须抓紧时间了，因为我今天下午还要去哈雷音乐厅听诺尔曼·聂鲁达的音乐呢。"

谈话间，车子在昏暗的大街和冷清的小巷中穿行。到了一个最肮脏、最荒凉的巷口，车夫突然把车停了下来。

"那边就是奥德利大院。"他指着一片暗色砖墙之间的狭窄胡同说,"我就在这里等你们回来。"

奥德利大院并不是一个雅观的场所。我们沿着一条狭窄的通道来到一个方形院落。院内地面是用石板铺成的,四面有一些肮脏简陋的住房。我们小心翼翼地穿过一群衣着肮脏的孩子,钻过一排排晒得褪了色的亚麻布衣物,最后来到46号。46号门上钉着一个小铜牌,上面刻着"兰斯"字样。我们上前一问,才知道这位警察正在睡觉。我们被带到前边一间小客厅,等他出来。

他很快就出来了。由于被我们搅了好梦,他有些不高兴。"我已经向局里报告过了。"他说。

福尔摩斯从衣袋里掏出一个半英镑金币,若有所思地在手中玩弄着。

"我们想要请你再亲口说一遍。"他说。

"我很愿意把我所知道的一切如实奉告。"警察回答说,眼睛紧盯着那个小金币。

"那就给我们讲讲事情发生的经过吧。你愿意怎样讲都可以。"

兰斯在马毛呢沙发上坐了下来,皱起眉头,好像下定决心要滴水不漏地把事情完整地叙述出来。

"我从头说起吧。"他说,"我当班的时间是从晚上十点到第二天早上六点。夜间十一点钟,有人在白哈特街打架。除此以外,我巡逻的地区都很平静。夜里一点钟开始下起雨来。这时,我遇见了哈里·默彻,他是在荷兰树林区一带巡逻的。我们两个人就站在亨利埃塔街拐角处聊天。不久,大约在两点或两点稍过一点儿,我想该转一圈了,确保布里克斯顿路平安无事。这条路又泥泞又偏僻,一路上连个人影都没有,只有一两辆马车经过我身边。我慢慢溜达着,脑子里正寻思要有热酒喝它一盅该有多美,忽然看见那座房子的窗口灯光闪烁。我知道劳里斯顿花园街的这两所房子都是空着的,其中一所的最后一个房客得伤寒病死了,可是房东还是不愿修理阴沟。所以,我一看到那个窗口有灯光,就吓了一大跳,怀疑出了什么差错。等我走到屋门口——"

"你就站住了，转身又走回花园门口。"我的同伴插话道，"你为什么要那么做呢？"

兰斯吓得跳了起来，满脸惊讶，瞪大眼睛瞧着福尔摩斯。

"天哪，的确是那样，先生。"他说，"可你怎么会知道的，只有老天才知道！我走到门口时，觉得太孤单，太冷清了。我想，最好还是找个人和我一起进去。我倒不是怕什么，可我当时忽然想起，也许这就是那个得了伤寒病死去的人正在检查阴沟，看是什么要了他的性命吧。这样一想，我就改了主意，走回大门口去，看看是不是望得见默彻的提灯，可连他的影子也没瞧见，也没见到别的人。"

"街上一个人也没有吗？"

"一个活人也没有，先生，连条狗都没有。我只好鼓起勇气，又走了回去，把门推开。里面静悄悄的，于是我就走进了那间亮着灯的屋子。壁炉台上点着一支蜡烛，还是一支红蜡烛。烛光一闪一闪的，烛光下只见——"

"好了，你所看见的情况我都知道了。你在屋中走了几圈，在死尸旁边跪了下来，然后又走过去推了推厨房的门，后来——"

约翰·兰斯听到这里，突然跳了起来，满脸惊惧，眼中露出怀疑的神色。"当时你躲在什么地方，看得这样一清二楚？"他大声喊道，"我看，这些事你都不该知道啊。"

福尔摩斯笑了起来，拿出他的名片，隔着桌子递给这位警察。

"可别把我当作凶手逮捕，"他说，"我也是一条猎犬而不是狼，这一点格雷格森和莱斯特雷德先生都会证明的。请接着讲下去。后来你又做了些什么呢？"

兰斯重新坐了下来，但是脸上狐疑的神情还没有消除。

"我回到大门口，吹响警笛。默彻和另外两个警察应声而来。"

"当时街上没有人吗？"

"嗯，是呀，凡是正经点儿的人早都回家了。"

"这是什么意思？"

警察咧嘴一笑。

"我这辈子见过的醉汉可多了!"他说,"可是从来没见过像那个家伙那样烂醉如泥的。我出来时,他正站在门口,靠着栏杆,放开嗓门,大声唱着科伦·拜恩唱的《新旗帜》或是类似小调。他几乎站不住,更帮不上忙了。"

"他是一个什么样的人?"福尔摩斯问道。

福尔摩斯这样一打岔,约翰·兰斯好像有些不高兴。

"是一个少见的醉鬼。"他说,"要不是我们有事,他免不了要被送进局子里去。"

"他的脸,他的衣服,你当时没注意吗?"福尔摩斯不耐烦地打断他说。

"我想当时我确实注意到了,因为我把他扶起来了——和默彻一起,一左一右。他是一个高个子,红脸,下颌长着浓密的——"

"这就够了。"福尔摩斯大声说,"他后来怎样了?"

"我们当时够忙的啦,哪有工夫去照管他。"他说,语气颇为不满。"我敢打赌,他认得回家的路。"

"他穿什么衣服?"

"一件棕色外套。"

"手里拿着马鞭?"

"马鞭?没有。"

"他一定是把它丢掉了。"我的伙伴嘟囔着说,"后来你看见或听见有辆马车过去吗?"

"没有。"

"这个半英镑的金币给你。"我的同伴说着站起身来,戴上帽子,"兰斯,我恐怕你在警局里永远不会高升了。你的那个脑袋不该光是个装饰,也该有点儿用处才对。昨夜你本来可以捞个警长干干的。昨夜在你手里的那个人,掌握着这个神秘案件的线索,现在我们正在找他。眼下再争论也没有什么用处了。我告诉你,事实就是这样。走吧,医生。"

说着,我们一起出来找马车。剩下那个警察还在半信半疑,但是显然很不自在。

"这个大傻瓜!"我们坐着车子回家的时候,福尔摩斯忿忿地说,"想想看,碰上这样一个千载难逢的好机会,他却把它白白放过了。"

　　"我还是不太明白。的确,这个警察所形容的那个人的情况恰好如你所想,是这个谜案中的第二方。但是,他为什么在离开后又回到那所房子呢?这不像罪犯的所作所为吧。"

　　"戒指,老弟,戒指!他回来就是为了这个。要是没有别的法子捉住他,我们不妨拿这个戒指作诱饵,引他上钩。我一定会捉住他的,医生——我敢和你下二比一的赌注打个赌,我可以逮住他。这一切我倒要感激你。要不是你,我还不会去呢。那么,我就要失掉这个前所未有的最好的研究机会了——称作'血字的研究',好吧?使用一些华丽的辞藻又有何妨。在一团团平淡无奇的生活乱麻里,谋杀案就像一条红线一样贯串其中。我们的责任就是要解开它,把它从生活中分离出来,并且彻底揭露。我们先去吃午饭,然后去听诺尔曼·聂鲁达的音乐会。她的指法和弓法简直妙极了。她演奏肖邦的那段什么小曲子真棒,叫什么来着:特拉——拉——拉——利拉——利拉——来。"

　　这位业余侦探仰靠在马车上,像只云雀似的唱个不停。

五　广告引来不速之客

　　我身体不好，上午忙碌了一阵子，实在有点儿吃不消，下午就感到筋疲力尽了。福尔摩斯出去听音乐会了，我躺在沙发上，尽量想睡上两个小时，可是怎么也睡不着。当下所发生的一切使我心情过于激动，脑子里充满了许多稀奇古怪的想法和猜测。只要我一合眼，那个被害者像狒狒似的扭曲面貌就出现在我的眼前。他给我的印象非常阴险邪恶，对于把一个有这种长相的人从世上除掉的那个凶手，我除了感激之外，很难有其他的感觉。如果相貌真的可以彰显一个人的罪恶的话，那一定就是克利夫兰城的伊诺克·特雷伯的这副尊容了。虽然如此，我认为正义还是应该得到伸张。在法律上，被害人的罪行并不意味着要对凶手予以宽恕。

　　我的伙伴推测说这个人是中毒而死的，我越想越觉得这个推测很不平常。我记得福尔摩斯嗅过死者的嘴唇，恐怕他已经发现了什么，才会产生这样的想法。况且，尸体上既没有伤痕，又没有勒痕，要不是中毒，那么致死的原因又是什么呢？但是，从另一方面来看，地板上大摊的黏稠血迹又是谁的？屋里既没有发现扭打的痕迹，也没有找到死者用来击伤对方的凶器。只要这些问题得不到解答，我觉得，不管是福尔摩斯还是我自己，要想安睡可不是件容易的事。他那种镇静而又充满自信的神态使我深信，他对全部事实早有见解，虽然内情究竟如何我一时还猜不出来。

　　福尔摩斯回来得很晚——我知道，他绝不可能听音乐会一直到这么晚。他回来时，晚饭早已摆在桌上了。

"今天的音乐太好了！"福尔摩斯说着坐了下来，"你记得达尔文关于音乐的见解吗？他认为，远在人类有说话能力之前，人类就有了创造和欣赏音乐的能力了。也许这就是我们之所以易于受到音乐感染的原因。在我们的心灵深处，对于世界混沌初期的那些朦胧岁月，还遗留着一些模糊不清的记忆。"

我说："这种见解似乎过于宽泛。"

"一个人如果想要解读大自然，那么，他的思想就必须像大自然一样宽广。"他说，"怎么回事儿？你今天和平常不大一样呀。布里克斯顿路的案子把你弄得心神不宁了吧？"

"说实话，确实是这样。"我说，"通过阿富汗那番经历之后，我原该锻炼得更坚强些。在迈旺德战役中，我曾亲眼看到战友们血肉横飞的情景，可我并没有被吓倒。"

"我能理解。这件案子有点儿神秘，因而才引发了想象。没有想象，就没有恐惧。你看过晚报了吗？"

"没有。"

"晚报对这个案件的陈述相当详尽，却没有提到抬尸时有一只女式结婚戒指掉在地板上。不提更好。"

"为什么？"

"看看这则广告！"他说，"今天上午案件发生后，我立刻就让人在各家报纸上登了一则广告。"

他把报纸抛给我，我看了一眼他所指的地方。这是"失物招领栏"的头一则广告。内容是："今晨在布里克斯顿路白鹿酒馆和荷兰路之间的路段拾得素金婚戒一枚。遗失者请于今晚八时至九时到贝克街221B华生医生处洽领。"

"原谅我使用了你的名字。"他说，"要是用我自己的名字，这些笨蛋侦探中有些人就会识破，并要从中插手了。"

"这倒没有什么。"我回答说，"不过，假如有人前来认领的话，我可没有戒指呀。"

"哦，有的。"他说着递给我一枚戒指。"这个就能对付过去，几乎和原来的一模一样。"

"那么，你预料谁会来领取失物呢？"

"喏，就是那个穿棕色外套的男人——我们那位穿方头靴子的红脸朋友。要不是亲自出马，他也会打发一个同党来的。"

"难道他不觉得这样做太危险吗？"

"绝对不会。如果我对这个案子的看法没错儿的话——我有种种理由相信我是对的，这个人宁愿冒任何风险，也不愿失去这个戒指。我认为，戒指是在他俯身查看特雷伯尸体的时候掉下来的，可他当时没有察觉。离开这座房子以后，他才发觉丢了戒指，于是又急忙回去。但是，这时他发现，由于他自己粗心大意，没有把蜡烛熄掉，警察已经到了屋里。在这种时候，他在这座房子的门口出现，很可能受到怀疑，因此，他不得不装作酩酊大醉的样子。设身处地想一想吧！仔细考虑这件事，他一定会想到，也可能是他在离开那所房子以后，把戒指掉在路上了。那怎么办呢？他会急忙在晚报上寻找一番，希望在招领栏中有所发现。他自然会看到这则广告。他简直要喜出望外哩，怎么还会害怕这是一个圈套呢？在他看来，寻找戒指为什么就一定要和谋杀这件事有关系呢，这是没有道理的。他会来的，他一定要来的。一个小时之内你就能见到他了。"

"然后怎么办呢？"我问道。

"啊，到时候你让我来对付他。你有什么武器吗？"

"我有一支旧的军用左轮手枪，还有一些子弹。"

"你最好把它擦干净，装上子弹。这家伙准是一个亡命徒。虽然我可以抓他个出其不意，但还是准备一下，以防万一的好。"

我回到卧室，照他的话去做了准备。当我拿着手枪回来的时候，只见餐桌已经收拾干净，福尔摩斯正在摆弄着他心爱的玩意儿——小提琴拉出刺耳的声音。

"案情越来越复杂了。"他在我进来时说道，"我发往美国的电报刚刚得到了回复，证明我对这个案子的判断是对的。"

"到底怎样？"我急切地问。

"提琴换上新弦就更好了。"他说，"你把手枪放在衣袋里吧。

等那个家伙进来的时候，你要用平常的语气跟他谈话，别的我来应付。不要大惊小怪，以免打草惊蛇。"

"现在八点了。"我看了一眼手表。

"是啊，或许再过几分钟他就要到了。把门稍稍打开一些。可以了。把钥匙插在门里边。谢谢！这是我昨天在书摊上偶然买到的一本珍奇古书，书名叫《论各民族的法律》，是用拉丁文写的，一六四二年在比利时列日出版。这本棕皮小书出版的时候，查理的脑袋还牢牢地长在他的脖子上呢。"

"印刷商是谁？"

"菲利普·德克罗伊，不知是何许人也。扉页上写着'古列米·怀特藏书'，墨水早已褪色。也不知威廉·怀特是谁，大概是一位十七世纪的实证主义法学家，连他的书法都有一种法学家的风韵呢。想必那个人来了。"

正说着，忽听门铃声大作。夏洛克·福尔摩斯轻轻站起身来，把椅子向房门口挪了一下。我们听到女仆穿过门廊，啪嗒一声拉开门闩。

"华生医生住在这里吗？"一个清晰但有些粗鲁的声音问道。

我们听不到仆人的回答，只听见大门又关上了，有人上楼来了。脚步声犹疑不定，像是拖着步子在走。

我的朋友侧耳听着，脸上闪过惊异的神情。

脚步声缓慢地沿着过道传了过来，接着就听见轻轻的叩门声。

"请进。"我高声说道。

应声进来的并不是我们预料中的那个凶神恶煞，而是一位皱纹满面的老太婆。她蹒跚地走进房来。她进来以后，被灯光骤然一照，好像花了眼。行过屈膝礼后，她站在那儿，眨巴着眼睛，老眼昏花地瞧着我们，痉挛颤抖的手指不停地在衣袋里摸索着。我看了我的伙伴一眼，只见他显得怏怏不乐。我极力显出一副泰然自若的神情来。

这个老太婆掏出一张晚报，用手指着我们登的那则广告。

"我是为这件事来的，先生们。"说着，她又深深施了一礼。

"广告上说，在布里克斯顿路拾得一个结婚金戒指。这是我女儿萨莉的，她是去年这个时候才结的婚，她的丈夫在一条英国轮船上当伙计。他回来时若发现她的戒指没有了，谁会知道他要怎么样呢。我简直不敢想。他这个人平时就性子急，喝酒以后就更加暴躁了。对不起，是这么回事儿。昨天晚上她去看马戏，是和——"

"这是她的戒指吗？"我问道。

"谢天谢地哟！"老太婆叫了起来，"萨莉今天晚上可要开心死了。这正是她丢的那个戒指。"

"请问您住在哪里？"我拿起一支铅笔问道。

"亨兹迪奇区，邓肯街 13 号。离这里老远呢。"

"布里克斯顿路并不在亨兹迪奇区和什么马戏团之间呀。"福尔摩斯厉声说。

老太婆转过脸去，一双红圈小眼锐利地瞧着福尔摩斯。

"那位先生刚才是问我的住址呢。"她说，"萨莉住在佩卡姆区，梅菲尔德公寓 3 号。"

"贵姓？"

"我姓索耶，我的女儿姓丹尼斯，她的丈夫叫汤姆·丹尼斯。他在船上真是一个聪明正派的小伙子，人见人爱的伙计，可是一上岸，又玩女人，又喝酒——"

"这是你的戒指，索耶太太。"我遵照我的伙伴的暗示打断了她的话头，"这个戒指显然是你女儿的。我很高兴能够物归原主了。"

老太婆嘟嘟囔囔地说了许多千恩万谢的话以后，把戒指包好，放入衣袋，然后慢慢悠悠地走下楼去。

她刚出房门，夏洛克·福尔摩斯立刻站起身，跑进他的房间。几秒钟以后，他走了出来，已然穿上大衣，系好围巾。

"我要跟踪她！"他匆忙中说，"她一定是个同党，会把我带到凶手那里去。别睡，等着我。"

客人出去时大门刚刚砰的一声关好，福尔摩斯就下了楼。

我从窗子向外看去，只见那个老太婆有气无力地在马路对面走着，福尔摩斯尾随在她的后边不远处。"福尔摩斯的整个推理假如不错的话，"我心里想，"他现在就要被引向神秘事件的核心了。"他不必告诉我等着他，因为在我没有听到他的探险结果以前，要想睡觉是绝不可能的事。

福尔摩斯出门的时候将近九点钟。我不知道他要去多久，只好呆坐在房里抽烟，随手翻阅一本昂利·穆尔杰的《波希米亚传》。十点过后，我听见女仆回房睡觉去的脚步声。十一点钟，房东太太迈着沉重的脚步从房门前走过，她也是回房去睡觉的。将近十二点钟，我才听到福尔摩斯用钥匙打开大门上弹簧锁的脆响。他一进来，我就从他的脸色看出，他并没有成功。开心和懊恼似乎一直在他的心里交战。顷刻之间，开心战胜了懊恼，福尔摩斯忽然纵声大笑起来。

"这件事说什么我也不能让苏格兰场的人知道。"福尔摩斯大声说着，在椅子上坐了下来。"我把他们嘲笑得够多了，这一回他们绝不会善罢甘休的。可是，我不在乎，迟早会把面子找回来的。"

"到底是怎么回事儿？"我问道。

"啊，我把我失败的情况跟你谈谈吧！这倒没有什么。那个家伙走不多远，就一瘸一拐地露出脚痛的样子。她突然停下脚步，叫住了一辆过路的四轮马车。我极力凑近些，想听听她所说的地址。其实，我根本用不着这样着急，因为她说话的声音很大，就是隔一条马路也能听得清楚。她大声说：'到亨兹迪奇区，邓肯街 13 号。'我当时认为她说的是实话。见她上车以后，我也跟着跳上了马车后部。这是每个侦探必须精通的技术。喏，我们嘎吱嘎吱地出发了。马车一路未停，一直到了目的地。快到 13 号门前的时候，我先跳下车来，在马路上信步闲荡。我眼见马车停了，车夫跳了下来，把车门打开候着，可是并没有人下来。我走到车夫面前，他正在黑暗的车厢中到处摸索，嘴里不干不净地骂着。乘客早已踪迹全无了。我想，他要等些时日才能拿到车费了。我们到 13 号去询问了一下，那里住的却是一位品行端正的裱糊匠，叫凯瑟克，从来没有听说有叫什么索耶或者丹尼斯的人在那里住过。"

"难道你是说，"我惊奇地大声说道，"那个身体虚弱、步履蹒蹒的老太婆居然能够瞒过你和车夫的眼睛，从行驶中的马车上跳下去了吗？"

"什么老太婆，真该死！"福尔摩斯厉声说道，"我们两个才是老太婆呢，竟然上了当。他一定是个年轻的小伙子，而且精明强干。不仅如此，他还一定是个了不起的演员，化装术无与伦比。显而易见，他发现有人跟着他，因此就用了这一招儿，趁我不备，溜之大吉。这件事实说明，我们现在要捉住的那个人绝不是像我当初想象的那样，单枪匹马地行动，他有些朋友甘愿为他冒险。喂，医生，看样子你像是累坏了，快点儿去睡吧。"

我的确感到很疲乏，就听从他的话回屋去睡了。福尔摩斯一个人坐在昏暗的炉火边，夜很深了我还听到他那忧郁的琴音低声回荡。我知道，他仍旧在深思着他一心想要解开的那个怪异谜题。

六　托拜厄斯·格雷格森大显身手

第二天,各家报纸连篇累牍地刊载着所谓"布里克斯顿奇案"的新闻。每家报纸都有一则长篇报道。此外,有些还特别发表了社论。其中一些消息连我都没听说过。我的剪贴簿里至今还保存着不少关于这个案子的剪报和摘抄。现把其中几条简述如下:

《每日电讯报》报道说:在犯罪史上,再没有比这个悲剧更具离奇色彩的案子了。被害人用的是个德国名字,又看不出有其他动机,而且墙上还写有恶毒字眼。这一切都说明,这是一群政治流亡者和革命党所为。社会党在美国的流派很多,死者无疑是因为触犯了他们的不成文法律,才被追踪至此并惨遭毒手。这篇文章在简要提及过去发生的德国秘密法庭案、矿泉案、意大利烧炭党案、布兰威列侯爵夫人案、达尔文理论案、马尔萨斯原理案以及拉特克利夫公路谋杀案等案件以后,结尾向政府提出忠告,主张今后要对在英外侨予以更加严密监视。

《旗帜报》评论说:这种无法无天的暴行常常是在自由党执政下发生的。这些暴行之产生,实因民心动乱和政府权力削弱之故。死者是一位美国绅士,在伦敦城已盘桓数周之久,生前曾在坎伯韦尔区托基路的夏庞蒂埃太太的公寓住过。他是在他的私人秘书约瑟夫·斯坦杰逊先生陪同下出行的。两人于本月四日星期二辞别女房东后去了尤斯顿车站,拟搭乘快车前往利物浦。随后,还有人在车

站月台上看见过他们两人，接着就踪迹不明了。后来，据报载，在离尤斯顿车站数英里远的布里克斯顿路的一所空屋中发现了特雷伯先生的尸体。他如何到达此处以及如何被害等情况，仍属让人困惑不解的谜团。斯坦杰逊下落迄今不明。吾人欣悉，苏格兰场著名侦探莱斯特雷德和格雷格森二人同时侦查此案，深信该案不久必见分晓。

《每日新闻报》报道说：这肯定是一起与政治有关的犯罪。由于大陆各国政府的专制以及对自由主义的憎恨，因而许多人被驱逐到我们国土上来了。若不是他们对过去的经历耿耿于怀的话，这班人士颇有可能变为良好的公民。这些流亡人士之间，有着一种严格的荣誉准则，一经触犯，必予处死。目前必须竭尽全力寻获他的秘书斯坦杰逊，以便查清死者生活习惯中的某些特别之处。死者生前在伦敦的住址业已获悉，这就使案情向前进展了一大步。该项发现盖因苏格兰场格雷格森先生之机智干练所致。

早饭时，福尔摩斯和我一同读完了这些报道。这些报道似乎使他感到非常有趣。

"我早就对你说过，不论情况如何，功劳总是归于莱斯特雷德和格雷格森这两个人的。"

"那也要看结果如何呀。"

"哦，老兄，这并不重要。如果凶手捉到了，自然是由于他们两个人的勤勉；如果凶手逃跑了，他们又可以说，自己已竭尽全力。不管怎么说，好事总是他们的，坏事永远归于别人。不管他们干什么，总会有人给他们歌功颂德的。有句法国俗语说得好：'笨蛋虽笨，总还有比他更笨的家伙为他喝彩。'"

正说着，过道里和楼梯上突然响起了一阵杂乱的脚步声，夹杂着房东太太的抱怨声。我不禁喊道："这是怎么一回事儿？"

"这是侦缉队贝克街分队。"我的伙伴煞有介事地说。

六个街头流浪顽童冲进房间。我从来没见过这么肮脏、衣着这么破烂的孩子。

"立正！"福尔摩斯厉声喝道，六个脏兮兮的小流氓就像六个不成样子的小泥人似的站成了一条直线，"以后你们叫威金斯一个人上来报告，其余的必须在街上等着。找到了吗，威金斯？"

"没有，先生，还没呢。"其中一个孩子答道。

"我估计你们也没找到。一定要继续查找，不找到不算完。这是你们的工资。"福尔摩斯给了每人一个先令。"好，去吧！我等你们下一次带来好消息。"

他一挥手，这群孩子就像一窝小耗子似的跑下楼去，街上立刻传来他们的尖声喧闹。

"这些小乞丐一个顶十个警察。"福尔摩斯说，"一见官僚模样的人，大家就不肯开口了。可是，这些小家伙什么地方都能去，什么事都能打听到。他们很机灵，就像针尖一样无孔不入，只是缺乏组织罢了。"

"你是为了布里克斯顿路的这个案子雇的他们吗？"我问道。

"是的。有一点我想要弄个明白。只不过是时间问题。嘿！现在我们可就要听到一些新闻猛料了！瞧，格雷格森沿街走来了，满脸都是得意之色。一定是上我们这儿来的。你看，他站住了。这就来了！"

门铃一阵猛响。一眨眼的工夫，这位金发侦探就一步三级地跑上楼来，径直闯进了我们的客厅。

"亲爱的朋友，"他紧握住福尔摩斯毫无反应的手大声说道，"给我道喜吧！我已经使案件真相大白了。"

我似乎看到福尔摩斯富于表情的脸上掠过一丝焦虑的神色。

"你是说你已经找到线索了吗？"他问道。

"线索？哪里，老兄，我们连凶手都捉到了！"

"他叫什么名字？"

"阿瑟·夏庞蒂埃，是皇家海军中尉。"格雷格森得意地搓着他那一双胖手，挺起胸脯大声说。

福尔摩斯如释重负地松了一口气，不觉露出微笑。

"请坐，抽支雪茄吧！"他说，"我们很想知道你是怎么办案的。来点儿掺水威士忌吗？"

"那就来点儿吧。"这位侦探回答说,"这两天费尽周折,可把我累坏了。你知道,体力劳动虽说不多,可是颇费脑力。这你能够理解,福尔摩斯先生,因为我们都是脑力劳动者。"

"你太抬举我了。"福尔摩斯一本正经地说,"让我们听听,你是怎样获得这样一个非常令人满意的结果的。"

这位侦探在扶手椅上坐了下来,扬扬自得地吸着雪茄。突然,他猛拍了一下大腿,高兴地大声说道:"可笑的是,莱斯特雷德这个傻瓜还自以为高明呢,可是他完全搞错了。他在寻找那个秘书斯坦杰逊的下落呢。此人和这个案子根本无关。我敢肯定,他现在已经捉到那个家伙了。"讲到这里,他忍俊不禁,笑得喘不过气来。

"那你是怎样得到线索的呢?"

"啊,我全都告诉你们。当然喽,华生医生,仅限于我们自己知道。首先必须克服的困难就是要查明这个美国人的来历。有些人也许要登广告,然后等着有人回应,或者等着死者生前的亲朋好友前来提供情况。托拜厄斯·格雷格森的工作方法却不是这样的。你还记得死者身旁的那顶帽子吗?"

"记得。"福尔摩斯说,"那是从坎伯韦尔路 129 号的约翰·安德伍德父子帽店买来的。"

格雷格森脸上露出沮丧的神情。

"想不到你也注意到了。"他说,"那家帽店你去过没有?"

"没有。"

"哈!"格雷格森放了心,大声说道,"你绝不应该错过任何机会,无论它有多么微不足道。"

"对于伟大的思想家来说,任何事物都不是微不足道的。"福尔摩斯说,像是在引用什么至理名言。

"好吧,我去找店主安德伍德,问他是不是卖过一顶这个尺码和式样的帽子。他查了查售货簿,很快就找到了这顶帽子是送到一位住在托基路夏庞蒂埃太太公寓的房客特雷伯先生处的。就这样,我找到了他的住址。"

"漂亮,干得很漂亮!"福尔摩斯低声赞叹。

"我随后便拜访了夏庞蒂埃太太。"这位侦探接着说，"我发现她的脸色非常苍白，神情十分不安。她的女儿也在房里——真是一位非常标致的姑娘。在我和她谈话的时候，她双眼通红，双唇颤抖。这些都没有逃过我的眼睛。于是我开始警觉起来。福尔摩斯先生，那种感觉你是知道的，当你发现正确线索时，一定会兴奋得寒毛倒立。我问道：'你们听说以前的房客、克利夫兰城的特雷伯先生被人暗杀的消息了吗？'

"这位太太点了点头，似乎连话都说不出来了。她的女儿却不禁痛哭流涕。我越发感觉她们对于这个案情必有所知。

"'特雷伯先生是几点钟离开你们这里去车站的？'我问道。

"'八点钟。'她咽了一口唾沫，压抑着激动的情绪说，'他的秘书斯坦杰逊先生说，有两班去利物浦的火车，一班是九点十五分，一班是十一点。他是赶第一班火车的。'

"'这是你们最后一次见面吗？'

"我一提出这个问题，那个女人倏地一下变得面无血色。过了好几秒钟，她才说出'是'这个字来——可是说话时声音沙哑，语调极不自然。

"沉默了一会儿，那位姑娘开口了，态度镇静，口齿清楚。

"'说谎从来都没有好处，妈妈。'她说，'我们跟这位先生说实话好了。后来，我们的确又见到过特雷伯先生。'

"'愿上帝饶恕你！'夏庞蒂埃太太双手猛然向上一伸，大喊一声，向后倒在椅背上了。'你可害死你哥哥了！'

"'阿瑟一定也愿意我们说实话。'姑娘斩钉截铁地说。

"'你们现在最好还是全部告诉我吧。'我说，'把话说一半还不如不说。况且，你们也不知道我们究竟掌握了多少情况呢。'

"'都是你，爱丽丝！'她妈妈高声叫道，然后转过身来对我说，'我通通告诉你吧，先生。你不要以为，一提起儿子我就着急，是因为他和这个人命案子有什么关系。他完全是清白的。可是我顾虑的是，在你们或是别人看来，他似乎会有嫌疑。但是，这是绝对不可能的。他的高贵品质、他的职业、他的过去都能证明这一点。'

　　"'你最好还是把事实说清楚。'我说，'相信我好啦，如果你的儿子真是清白的，他绝不会受委屈。'

　　"'或许，爱丽丝，你最好出去一下，让我们两个人单独谈。'她说。于是她的女儿出去了。'唉，先生，'她接着说，'我原不想把这些告诉你，可是我女儿已经说出来了，我就没有别的法子了。既然打算说，我就一点儿也不保留。'

　　"'这才是最明智之举呢。'我说。

　　"'特雷伯先生在我们这里差不多住了三个星期。在此之前，他和他的秘书斯坦杰逊先生一直是在欧洲大陆旅行的。我看到他们每只箱子上都贴有哥本哈根的标签，由此可见那是他们最后到过的地方。斯坦杰逊倒是一个沉默寡言、有涵养的人，可是他的主人——真糟糕，完全不一样。这个人举止粗野，行为下流。在他们搬来的当天晚上，特雷伯就喝得大醉，直到第二天中午十二点钟还没有清醒过来。他对女仆们态度轻浮、放肆，简直令人作呕。最糟糕的是，他很快又用这样的态度来对待我的女儿爱丽丝。他不止一次地对她胡说八道。幸好，女儿太小，还听不懂。有一次，他居然把她抱在怀里，紧紧搂住——这种无法无天的做法，就连他的秘书都骂他行为不检点，简直不是人。'

　　"'可你为什么还要忍受这一切呢？'我说，'我想，只要你愿意，你尽可以将房客撵走。'

　　"经我这么一问，夏庞蒂埃太太不觉满脸通红。'要是在他来的那天我就拒绝他就好了。'她说，'可就是因为禁不住诱惑。他们每人每天房租是一英镑。一个星期就是十四英镑。眼下正是淡季。我是个寡妇，儿子在海军服役，开销很大。我舍不得这笔收入，于是我就尽量容忍。可是，最近这一次太过分了，因此我才把他撵走。这就是他离开的原因。'

　　"'后来呢？'

　　"'后来我看他坐车走了，心里才轻松下来。我儿子现在正在休假，可我没告诉他这些事，因为他的脾气暴躁，而且又非常疼爱他的妹妹。这两个人走后，我关上了大门，心里顿时轻松起来。天啊，还不到一个钟头，有人按响了门铃，原来是特雷伯又回来了。他看上去很兴奋，显然又喝了不少。他一头闯进房来，当时我和女儿正在房里坐着。他就前言不搭后语地说什么没赶上火车。后来，他转向了爱丽丝，竟然当着我的面提议她和他一起逃走。"你已经长大成人了。"他说，"任何法律也管不了你了。我的钱够花，还有富余。不必管这个老婆子，现在马上跟我走吧。你可以像公主一样享福。"可怜的爱丽丝非常害怕，一直躲着他，可他一把抓住她的手腕，硬往门口拉。我吓得大叫起来。这时，我儿子阿瑟走了进来。以后发生的事，我就不知道了。我只听到又是叫骂又是扭打，乱作一团，吓得我连头都不敢抬。后来，我抬起头来一看，只见阿瑟站在门口大笑，手里拿着一根木棍。"我想这个活宝再不会来找我们的麻烦了。"他说，"让我跟着他出去，看看他要干什么。"说完这话，他就拿起帽子，向街上跑去。第二天早晨，我们就听到了特雷伯先生被人谋杀的消息。'

"这就是夏庞蒂埃太太亲口说的话。她说话喘一阵，停一阵。有时声音非常低，我简直听不清楚。可是，我把她所说的话全都速记下来了，绝不会有什么差错的。"

"这的确很动听。"福尔摩斯边说边打了个哈欠。"后来呢？"

"夏庞蒂埃太太停下来的时候，"这位侦探接着说，"我看出了整个案件的关键所在。于是，我就用一种对于女人一贯行之有效的眼神紧盯着她，追问她儿子是几时回家的。

"'我不知道。'她回答说。

"'不知道？'

"'不知道。他有一把弹簧锁的钥匙，他自己开门进来的。'

"'在你睡下以后吗？'

"'是的。'

"'你几点钟睡的？'

"'大概是十一点。'

"'这么说，你儿子出去了至少有两个小时。'

"'是的。'

"'会不会是四五个小时?'

"'有可能。'

"'在这几个钟头里他都干了些什么?'

"'我不知道。'她回答说,连嘴唇都发白了。

"当然,说到这里,别的就用不着多问了。我找到了夏庞蒂埃中尉的下落,带着两个警官去把他逮捕了。当我拍拍他的肩头,告诉他老老实实跟我们走的时候,他竟壮起胆子对我们说,'我想你们抓我,是和特雷伯那个坏蛋被杀有关吧。'我们并没有向他提起这件事,他倒是自己先说出来了,这令人觉得很可疑。"

"十分可疑。"福尔摩斯说。

"那时,他还拿着他母亲所说的追击特雷伯用的那个大棒子,那是一根很结实的粗短的橡木棍子。"

"那么,你有何高见?"

"我认为,他追特雷伯一直追到了布里克斯顿路,在那里他们又争吵起来,争吵之间特雷伯挨了一棍子,也许正打在心口上,虽然送了命,却没有留下任何伤痕。当夜雨很大,附近又没有人,于是夏庞蒂埃就把尸首拖到那座空屋里去了。至于蜡烛、血迹、墙上的字迹和戒指等,大概是想把警察引入迷途的一些花招儿罢了。"

"干得好!"福尔摩斯以称赞的口气说,"格雷格森,你真是大有长进。看来你迟早会出人头地的。"

"我自认为这件事办得总算干净利落。"这位侦探骄傲地说,"可这个小伙子自己却交代说他追了一程以后,特雷伯发觉了他,坐上一辆马车逃走了。他在回家的路上遇到一位以前船上的老同事,陪着这位老同事走了很久。当问到这位老水手的住址时,他的回答并不能令人满意。我认为这个案子的情节前后非常吻合。好笑的是莱斯特雷德,他一开始就走上了歧途。我恐怕他不会有什么进展的。嘿!正说他,他就来了。"

果然是莱斯特雷德,谈话间他已经上了楼,这时进了屋。平时,他的举止和衣着——流露出一种扬扬自得和信心十足的气派,现在都不见了。只见他神色慌张,愁容满面,衣服也凌乱不堪。他来这里，显然是有事要向福尔摩斯求教的，因为一看到同事他便显得很难堪，一脸困窘之色。他站在房子中间，手里不住地摆弄着帽子，不知如何是好。

"这是个非常离奇的案子，"他终于开口道，"一件不可思议的怪事。"

"啊，那是你的想法，莱斯特雷德先生！"格雷格森得意地叫起来，"我早就知道你会得出这样的结论。你找到那个秘书约瑟夫·斯坦杰逊先生了吗？"

"那位秘书约瑟夫·斯坦杰逊先生，"莱斯特雷德心情沉重地说，"今天早晨六点钟左右在哈利代私营旅馆被人谋杀了。"

七 一线光明

莱斯特雷德给我们带来的消息既重要又突然，完全出乎我们的意料。我们三人听了以后，全都目瞪口呆。格雷格森从椅子上跳起来，竟把剩有掺水威士忌的杯子给打翻了。我默默地注视着福尔摩斯，只见他嘴唇紧闭，眉头紧锁。

"斯坦杰逊也被谋杀了！"他喃喃地说，"案情更加复杂了。"

"早就够复杂的了。"莱斯特雷德边抱怨边在椅子上坐了下来，"我就像是一头闯进了什么战时军事会议一样。"

"你，你这消息可靠吗？"格雷格森结结巴巴地问道。

"我刚从他的住处那里过来。"莱斯特雷德说，"是我第一个发现这个情况的。"

"我们刚才正在听格雷格森对于这个案子的高见呢。可否请你也把你所看见的和所做的事情告诉我们？"

莱斯特雷德坐了下来，说："我原以为特雷伯被害与斯坦杰逊有关。这个新的发现使我明白，我完全弄错了。我抱定了这样一个想法，于是就着手侦查这位秘书的下落。三号晚间八点半钟左右，有人曾在尤斯顿车站看见他们两个人在一起。凌晨两点钟，特雷伯的尸体就在布里克斯顿路被发现了。我当时面临的问题就是要弄清楚从八点半一直到谋杀案发生的这段时间之内，斯坦杰逊究竟都干了些什么，后来他又到哪里去了。我给利物浦拍了电报，描述了斯坦杰逊的外貌，并且要他们监视美国的船只，然后就在尤斯顿车站附近的所有旅馆和公寓查找。你们瞧，当时我认为，如果特雷伯和他的朋友已经分手，按常理来说，斯坦杰逊当天晚上必然要在车站附近找个地方住下，第二天早晨才会再到车站去。"

"他们很可能事先约好了会面的地点。"福尔摩斯说。

"的确如此。昨天我整整跑了一个晚上打听他的下落，可是毫无结果。今天早晨我很早又开始查访，八点钟到了小乔治街的哈利代私人旅馆。在我询问是否有一位斯坦杰逊先生住在这里的时候，他们立刻回答说有。

"他们说：'你一定就是他一直在等的那位先生了。他等一位先生已经两天了。'

"'他现在哪里？'我问道。

"'他还在楼上睡觉呢。他吩咐九点钟叫醒他。'

"'我马上上去找他。'我说。

"我当时想出其不意地出现，可能会使他大吃一惊，措手不及之中也许会说出来什么。旅馆杂役领我到了三楼。有一条小走廊直通门口。杂役把房门指给我，正要下楼，这时，我突然看到一种令人作呕的景象。我虽然干这一行有二十年了，这时也不能自持。一条细细的血水由房门下边蜿蜒流出，一直流过走道，在对面墙脚下汇积成一小摊。我不由得大叫一声，杂役听到后转身走了回来。一见这个情景，他差一点儿吓昏过去。房门反锁，我们用肩把它撞开，破门而入。屋内窗户大开，窗前横着一具男尸，身上穿着睡衣，蜷成一团。他已断了气，死去已有些时候，四肢已经僵冷。我们把尸体翻过来，杂役立刻认出，正是这个房间的客人，登记的姓名是约瑟夫·斯坦杰逊。死因是身体左侧被人用刀刺入很深，一定是刺穿了心脏。还有一个最奇怪的情况，你们猜猜看，死者上方有什么？"

我听到这里，顿觉毛骨悚然，预感会有可怕的事情发生。这时，福尔摩斯答道："是'雷切'，用血写的。"

"正是。"莱斯特雷德说，语气中带有些许恐惧。一时间，我们都沉默不语。

在三楼的走廊，被害者的鲜血从门缝中流了出来

这个未知凶手的行动似乎很有步骤，同时又令人费解，因此也就使得他的罪行更加可怖。我的神经虽然在战场上已锻炼得很坚强了，但是一想到这个案件，却难免不寒而栗。

"有人看见过这个凶手。"莱斯特雷德接着说，"一个送牛奶的孩子在去奶品店的路上，偶然经过旅馆后面通向马厩的那条小巷。他注意到平日放在地上的那架梯子竖了起来，对着三楼一个敞开的窗子。走过之后，他回头看了一眼，看到一个人从梯子上不慌不忙、大大方方地走下来。这个孩子还以为是旅馆里的木匠或木工在做活儿呢，所以也没有特别注意这个人，只是觉得这时上工未免太早罢了。他印象里这个人个子很高，脸膛发红，身穿棕色长外套。行凶之后，他一定是在房里待了一会儿，因为我们发现脸盆的水中有血，说明凶手洗过手；床单上也有血迹，可见他行凶以后还从容地擦过刀子。"

听到关于凶手的描述与福尔摩斯的推断完全吻合，我瞟了他一眼，可是他的脸上并没有丝毫得意之色。

"房间里没有发现任何可以缉拿凶手的线索吗？"他问。

"没有。斯坦杰逊的衣袋里有特雷伯的钱袋，但是看来平常就是他带着的，因为他是掌管开支的。钱袋里有八十多英镑现金，分文不少。这些犯罪行为看来很不平常。无论动机是什么，但绝不会是谋财害命。被害人衣袋里也没有文件或记事本，只有一份电报，大约是一个月前从克利夫兰城打来的，电文是'J. H. 现在欧洲'。这份电文没有署名。"

福尔摩斯问道："再也没有别的东西了？"

"没有什么重要的。床上还有一本小说，是死者临睡前阅读的。他的烟斗放在床边的一把椅子上。桌上还有一杯水，窗台上放着一只木匣，里边有两粒药丸。"

福尔摩斯从椅子上跳起来，高兴地喊了出来。

"最后一环！"他兴高采烈地大声说道，"我的论断现在完整了。"

两位侦探惊异地看着他。

　　"我现在已经掌握了，"我的朋友充满信心地说，"构成这个充满纠结的案件的全部线索。当然，细节还有待补充。但是，从特雷伯在火车站与斯坦杰逊分手起，一直到斯坦杰逊的尸体被发现为止，这中间所有的主要情节，我都已一清二楚，就好像我亲眼看见一般。我要把我的见解证明给你看。你能拿到那两粒药丸吗？"

　　"在我这里。"莱斯特雷德说着，拿出一只小白匣子。"药丸、钱袋、电报都拿来了，我本想把这些东西放在警察分局一个稳妥的地方。我把药丸拿来，只是出于偶然。我必须声明，我认为这不是什么重要的东西。"

　　"把它们拿来给我吧。"福尔摩斯说，"喂，医生，"他又转向我说，"这是些平常的药丸吗？"

　　这些药丸的确不平常。珍珠灰色，小而圆，迎着亮光看几乎是透明的。

　　"从分量和透明度看，我想药丸能溶于水。"我说。

　　"正是这样。"福尔摩斯说，"请你下楼把那条可怜的小狗抱上来好吗？这狗一直病着，房东太太昨天不是还请你把它弄死，免得让它活受罪吗？"

　　我下楼把狗抱了上来。这只狗呼吸困难，眼神呆滞，说明它活不多久了。的确，它那雪白的嘴唇就能说明，它早就超过一般狗类的寿命了。我在地毯上放了一块垫子，然后把它放在上面。

　　"我现在要把其中的一粒切成两半，"福尔摩斯说着，拿出小刀把药丸切开。"半粒放回盒里留着将来用，这半粒我把它放在酒杯里，杯子里有一匙水。大家请看，我们这位医生朋友的话是对的，它马上溶化了。"

　　"这可真有意思。"莱斯特雷德带着生气的语调说，他以为福尔摩斯在捉弄他。"但是，我看不出来这和斯坦杰逊的死有什么关系。"

　　"耐心些，朋友，耐心些！你很快就会明白关系很大呢。现在我给它加上些牛奶就好吃了，然后把它摆在狗的面前，它会立刻舔光的。"

他说着就把酒杯里的液体倒进盘子里，放在狗的面前，它很快就舔了个干净。福尔摩斯认真的态度已经使我们深信不疑了。我们都静静地坐在那里，留心地看着那只狗，并期待着某种惊人的结果发生。但是，什么特别现象也没有发生。这只狗依旧躺在垫子上，四肢伸展，吃力地呼吸着。很明显，药丸对它既没有什么好处，可也没有什么坏影响。

福尔摩斯早已掏出表来瞧着。时间一分一分地过去了，可是毫无结果，他的脸上显得极端懊恼和失望。他咬着嘴唇，手指敲着桌子，表现出十分不耐烦的样子。他的情绪极为激动，我的心中也不由得替他难过。可是这两位官方侦探却露出讥讽的微笑，他们很高兴看到福尔摩斯受到挫折。

"这不可能是巧合。"福尔摩斯终于大声说道，他从椅子上站起来，情绪烦躁地在室内走来走去。"绝不可能仅仅是巧合。在特雷伯一案中我疑心会有某种药丸，现在这种药丸在斯坦杰逊死后真的发现了。但是它们竟然不起作用。究竟是怎么一回事儿？肯定地说，我所做的一系列的推论绝不可能出错！不可能！但是这条可怜的小狗并没有吃出毛病来。哦，我明白了！我明白了!"福尔摩斯高兴地尖叫了一声，跑到药盒前，取出另外一粒，把它切成两半，把半粒溶在水里，加上牛奶，放在狗的面前。这个不幸的小动物甚至连舌头还没有完全沾湿，四条腿便痉挛、颤抖起来，然后就像被雷电击中一样，直挺挺地死了。

福尔摩斯长长地吁了一口气，擦去了额头上的汗珠。

"我的信心还不够强。"他说，"刚才我就应该想到，如果一个情节看似与一系列的推论相矛盾，那么，它必定有某种其他解释方法。那个小匣里的两粒药丸，一粒是烈性的毒药，另外一粒则完全无毒。其实，在看到这个小盒子以前，我早就应该想到这一点的。"

我认为，福尔摩斯最后所说的这段话过于惊人，很难使人相信他是神志清醒的。但是，死狗又明明摆在眼前，证明他的推断是正确的。我脑子里的疑云似乎在逐渐消散，我开始对案子的真相有了隐约的认识。

"这一切在你们来看似乎很奇怪,"福尔摩斯继续说道,"因为你们在开始侦查的时候,就没有意识到摆在你们面前的那个唯一正确线索的重要性。我幸而抓住了这个线索,此后所发生的每件事都足以用来证实我最初的设想,这些事也确实是符合逻辑的结果。因此,那些使你们大感不解并且使案情更加扑朔迷离的事物,却会对我有所启发,并且能强化我的论断。把奇怪和神秘混为一谈,这是错误的。最平淡无奇的犯罪行为往往却是最神秘的,因为它看不出有什么新奇或特别的地方,足以作为推理的根据。如果这个案子里被害者的尸体是在大路上发现的,而且又没有任何使这个案子显得突出的那些超出常规和骇人听闻的情节,那么,这个谋杀案解决起来就要困难得多了。所以说,情节奇特不但丝毫没有增加案子的难度,反而在效果上使其降低了。"

格雷格森先生听着这番议论,一直表现得非常不耐烦。这时,他再也忍耐不住了。

"福尔摩斯先生,"他说,"我们都承认你是一个精明强干的人,而且你也有你自己的一套工作方法。可是,我们现在想要的不单是空谈理论和说教,而是捉拿凶手。我已经说明了我的案情分析,看来我是错了。夏庞蒂埃这个小伙子是不可能牵连到第二宗谋杀案里去的。莱斯特雷德在追踪斯坦杰逊,看来,他也错了。你东说一点儿,西说一点儿,似乎比我们知道的多。可现在是时候了,我们认为我们有权利要求你痛痛快快地说出你对案情究竟知道多少。你能说出凶手的姓名吗?"

"我认为格雷格森说得对,先生。"莱斯特雷德也说道,"我们两个人都试过了,并且都失败了。我到你这里以后,你就不止一次地说,你已经获得了你所需要的一切证据。现在你不应该再有所保留了。"

"如果还迟迟不去捉拿凶手,"我说,"他就可能有机会又干出新的暴行来了。"

我们大家这样一逼,福尔摩斯反而显出迟疑不决的样子。他不停地在房间里走来走去,头低垂在胸口上,眉头紧皱。他沉思时总是这样。

"不会再有暗杀发生了。"他突然站住,面对着我们说,"你们可以放心,这一点已不成问题了。你们问我是不是知道凶手的姓名,我知道。但是,仅仅知道凶手的名字算不了什么,把凶手捉到才算真有本领呢。我估计很快就能把他缉拿归案。对于这件事情,我自有安排,但是一定要细致周到,因为我们要对付的是一个非常狡猾而又穷凶极恶的人,而且曾有事实证明,他还有一个和他一样狡猾的同伙在帮助他。只要此人察觉不到有人能够得到线索的话,那就有机会把他抓获。但是,只要他稍有怀疑,他就会更名改姓,立即消逝在这个大城市的四百万居民之中。我绝对无意伤害你们两位的感情,但是,我必须说明,我认为官方侦探绝不是他们的对手。这就是我为什么没有请求你们协助的原因。如果我失败了,当然,由于没有请求你们协助,我罪责难逃,但是,我准备承担全部责任。现在我愿意保证,只要对于我的全盘计划没有危害,到时候,我就一定立刻告诉你们。"

对于福尔摩斯的这种保证以及他对官方侦探的轻蔑、嘲讽,格雷格森和莱斯特雷德极为不满。格雷格森听了之后,满脸通红,一直红到耳根;莱斯特雷德则瞪着一双滚圆的小眼睛,闪烁着既惊异又恼怒的神色。但是他们还没有来得及开口,就听见有人敲门。原来正是街头流浪儿的代表,那个微不足道、令人生厌的小威金斯驾到。

"先生,请吧!"威金斯敬了个礼说,"我叫了马车,就在楼下。"

"好孩子。"福尔摩斯温和地说,"你们苏格兰场为什么不采用这样的手铐呢?"他从抽屉里拿出一副钢手铐来,"看,锁簧很好用,一碰就卡上了。"

"老式的那种足够好了,"莱斯特雷德说,"只要我们能够找到戴它的人。"

"很好,很好。"福尔摩斯微笑着说,"最好让车夫来帮我搬箱子。去叫他上来,威金斯。"

听了这话，我不禁暗自诧异，因为我的伙伴似乎是要出门旅行去，可他却一直没有对我说起过。房间里有一只小旅行箱，他把它拉了出来，开始系箱上的皮带。

车夫走进房来。

"车夫，帮我扣好这个皮带扣。"福尔摩斯曲膝蹲在那里整理着皮箱，头也不回地说。

这个家伙沉着脸，不情愿地走向前去，伸出两只手正要帮忙。说时迟，那时快，只听咔嗒一响，金属相撞，发出刺耳的声响。

福尔摩斯突然跳起身来。

"先生们，"他两眼炯炯有神地说，"让我给你们介绍一下杰斐逊·霍普先生！他就是杀死伊诺克·特雷伯和约瑟夫·斯坦杰逊的凶手。"

整个事情瞬间发生——快得让我简直来不及思索。在这一瞬间，福尔摩斯脸上的胜利表情和他那响亮的声音以及马车夫眼看着闪亮的手铐魔术般地一下子铐上他的手腕时的那种茫然、凶蛮的面容，直到如今我还记忆犹新，历历在目。当时，我们像塑像似的呆住了一两秒钟。然后，马车夫愤怒地大吼一声什么，挣脱了福尔摩斯，向窗子冲去，把木框和玻璃撞得粉碎。但是，就在他正要钻出去的时候，格雷格森、莱斯特雷德和福尔摩斯就像一群猎犬似的一拥而上，把他揪了回来。一场激烈的搏斗开始了。这个人凶猛异常，我们四个人一再被他甩脱。他似乎有一股疯子似的蛮劲儿。他的脸和手在跳窗时被割破得很厉害，血一直在流，但是他的抵抗并未因此减弱。直到莱斯特雷德用手卡住他的脖子，使他透不过气来，他才明白挣扎已无济于事。就是这样，我们还不放心，又把他的手和脚都捆了起来。捆好了以后，我们才气喘吁吁地站起身。

"他的马车在这里。"福尔摩斯说，"就用他的马车把他送到苏格兰场去吧。好了，先生们！"他微笑着继续说，"这件小小的谜案，我们总算告一段落了。现在，欢迎各位随便提问，我将来者不拒。"

第二部　圣徒之乡

一　大漠之上

　　北美大陆的中部有一大片干旱荒凉的沙漠。多少年来，它一直是文化发展的障碍。从内华达山脉到内布拉斯加，从北部的黄石河到南部的科罗拉多，完全是一片荒凉沉寂的区域。在这个环境恶劣的地方，大自然的景色也不尽相同。这里有大雪封顶的高山峻岭，阴沉昏暗的深谷，也有湍急的河流在山石参差交错的峡谷之间奔淌，还有无边无际的荒原。冬天积雪遍地，夏日则呈现出一片灰色的盐碱地。虽然如此，它们共有的特点是光秃荒芜，寸草不生，凄凉萧索。

　　在这片无望的土地上，人烟绝迹。只有波尼人和黑足人偶尔结队穿越这里，前往其他狩猎区。即使是最能吃苦耐劳的勇敢者，也巴不得早日走完这片可怕的荒原，重新投身到大草原中去。只有山狗在矮丛林中潜行，秃鹰拍打着沉重的翅膀在空中翱翔，还有那蠢笨的灰熊笨拙地穿行在阴沉的峡谷里，在岩石丛中极力搜寻食物。它们是荒原里绝无仅有的居民。

　　世界上再也没有什么地方会比布兰卡山脉北麓的景象更为凄凉了。极目四望，平坦宽阔的荒原上只有被一丛丛矮小的槲树林隔断的一片片尘土覆盖的盐碱地。地平线的尽头，山峦起伏，积雪皑皑，闪烁着点点银光。在这片土地上既没有生命，也没有生命的迹象。铁青色的天空中飞鸟绝迹，灰暗的大地上不见动静。总之，一片死寂。侧耳倾听，这片广阔荒芜的大地上毫无声息，只是一片彻底的、令人灰心绝望的死寂。

如果说，在这广袤的原野上没有一点儿生命的迹象存在，这种说法也不真实。从布兰卡山脉往下观望，可以看见一条小路曲曲弯弯地穿过沙漠，消逝在遥远的地平线上。这条小路不知是经过多少车辆碾轧和冒险家们的踩踏而成的。这儿一堆那儿一堆，到处散布着白森森的东西，在日光下闪闪发光，在这片单调的盐碱地上显得非常刺眼。走近仔细一看，原来是一堆堆白骨：又大又粗的是牛骨，较小较细的是人骨。在这一千五百英里可怕的商旅之路上，人们是沿着倒毙路旁者的累累白骨前进的。

一八四七年五月四日，一个孤身旅客从山上俯瞰这个凄惨的景象。从外表来看，他简直就是这个绝境里的鬼怪精灵。即便是具有观察力的人，也难猜出他究竟是年近四十岁还是六十岁。他的脸憔悴瘦削，干羊皮似的棕色皮肤紧紧地包着突出的骨头。长长的棕色须发已然斑白，深陷的双眼发出不自然的光彩。握着来复枪的那只手几乎像骷髅一样干枯无肉。他站立时要用枪支撑着身体，可是，他那高高的身材、魁伟的体格，表明他曾是一个十分健壮的人。但是，他那瘦削的面庞和罩在骨瘦如柴的四肢上的口袋似的衣服，使他看起来老朽不堪。这个人饥渴交迫，已临死境了。

他曾沿着山谷艰难地跋涉前行，挣扎着来到这片不大的高地。他抱着渺茫的希望，但愿能够发现点滴的水源。现在，在他面前展开的只是无边无际的盐碱地和那远在天边的连绵不断的荒山，看不到一点儿植物或树木的踪影。有树木生长的地方就可能会有水。在这片广阔的土地上，一点儿希望也没有。张大困惑的眼睛向北方、西方和东方瞭望以后，他明白了，漂泊的日子已到尽头，自己就要葬身于这片荒凉的岩崖之上了。

"死在这里，和二十年后死在鹅绒锦被的床上又有什么区别呢?"他喃喃地说着，在一块巨石的阴影里坐了下来。

坐下之前，他先把他那无用的来复枪放在地上，然后又把扛在右肩上的用灰色披肩包裹着的大包袱放了下来。看来他已经精疲力竭，拿不动了。他放下包袱的时候，着地有点儿重，从灰色的包袱里传出了细小的呻吟声，钻出来一张受了惊吓、长着明亮的棕色眼睛的小脸，还伸出了两个胖胖的小拳头。

"你把我摔痛了!"一个稚嫩的声音责怪道。

"是吗?"这个男人抱歉地说，"我不是故意的。"

说着，他打开了灰色包袱，从里边抱出了一个美丽的小女孩儿。这个小女孩儿有五岁左右，穿着一双精致的小鞋、漂亮的粉红色上衣，戴着麻布围嘴儿。从这些打扮可以看出，妈妈对她是呵护备至的。孩子脸色虽有些苍白，但是她那结实的胳膊和小腿都说明她受的苦没有她的同伴多。

"现在怎么样了?"他焦急地问道，因为她还在揉着脑后蓬乱的卷曲金发。

"你吻吻这里就好了。"她认真地说，并且把头上磕碰的地方指给他看，"妈妈总是这样做的。妈妈哪里去了?"

"妈妈走了。我想你很快就会见到她的。"

"什么，走了?"小女孩儿说，"真奇怪，她还没和我说再见呢。她以前每次到姑母家去喝茶的时候总要说一声的。可是这回她都走了三天了。干得要命! 难道这里吃的、喝的都没有吗?"

"没有，什么也没有，亲爱的。你暂时忍一忍，过一会儿就会好的。你把头靠在我身上，就是这样，你会舒服些。我的嘴唇也干得像皮子一样，说话都费劲，但是我想我还是把真实情况告诉你吧。你手里拿的是什么?"

"多漂亮啊! 好东西!"小女孩儿一边兴高采烈地喊道，一边拿起两块亮晶晶的云母石片给他看，"回到家，我就把它们送给小弟弟鲍勃。"

"不久你就会看到比这更漂亮的东西了。"这个男人很有把握地说，"你还记得我们离开那条河的情形吗?"

"哦，记得。"

"当时，我们估计不久就会见到另一条河。可不知道什么东西出了毛病，是罗盘呢，还是地图，或是别的什么，后来我们就再也没有见到河了。水喝完了，只剩下一点点，留给像你这样的小孩子喝，然后——然后——"

"然后你连脸都不能洗了。"他的小伙伴打断了他，一边严肃地说着，一边抬起头，望着他那张沾满污垢的脸。

"不但不能洗脸，连喝的也没有了。本德先生第一个走了；随后是印第安人皮特；接着就是麦克雷格太太、约翰尼·霍恩斯；最后，小宝贝，就是你的妈妈了。"

"这么说，妈妈也死了。"小女孩儿哭着说，把脸埋在围嘴儿里痛哭起来。

"对，他们都走了，只剩下你和我。后来我想，也许这边能找到水。于是，就把你背在肩上，一步一步地走过来了。看来，情形还是没有好转。我们现在活下去的希望很小了！"

"你是说我们也要死了吗？"孩子停止了呜咽，仰起满是泪痕的脸问道。

"我想大概是到了这个地步。"

"为什么你刚才不早点儿说呢？"小女孩儿开心地笑着说，"你吓了我一大跳。你看，只要我们死了，就又能和妈妈在一起了。"

"对，一定能，小宝贝。"

"你也会见到她的。我要告诉妈妈，你待我很好。我敢说，她一定会在天国的门口迎接我们，拿着一大壶水，还有好多我和鲍勃爱吃的荞麦饼，热气腾腾，两面都烤得焦黄焦黄的。可我们还要多久才能死呢？"

"我不知道——不会太久了。"男人凝视着北方的地平线。蓝色的天穹下出现了三个黑点。黑点越来越大，来势迅猛，顷刻之间便化作三只褐色的大鸟。它们在这两个流浪者的头上盘旋着，接着就落在他们上面的一块巨石上。这是三只巨雕，也就是美国西部所谓的秃鹫，它们的出现是死亡的预兆。

"公鸡和母鸡。"小女孩儿指着这三只猛禽快活地叫道，并且连连拍着小手，打算惊动它们，使它们飞起来。"喂，这个地方是上帝造的吗？"

"当然是他造的。"她的同伴回答说。她这样突然一问，使他吃了一惊。

"那边的伊利诺伊州是他造的，密苏里州也是他造的。"小女孩儿接着说，"我想，这里一定是别人造的。造得可不算好，连水和树都给忘了。"

"做做祈祷，你说好吗？"男人迟疑地说。

"还没有到晚上呢。"她说。

"没关系，本来就不固定的。放心吧，上帝一定不会怪罪的。你现在就祷告一下吧，就像在荒野上每天晚上在篷车里做的那样。"

"你自己怎么不祈祷呢？"小女孩儿奇怪地问道。

"我不记得祈祷文了。"他回答道，"从我有那枪一半高的时候起，我就没有做过祷告了。我看现在开始也不算太晚。你大声念出来，我在旁边跟着你一起念。"

"那么，你要跪下来，我也跪下。"她说着，把披肩铺在地上。"还得像这样把手举起来，你就会觉得好些了。"

除了巨雕以外，没有一个人看到这个奇特的景象：在狭窄的披肩上，并排跪着两个流浪者：一个是天真无邪的小女孩儿，一个是鲁莽而坚强的冒险家。她那胖胖的小圆脸和他那张憔悴、瘦削的面庞，仰望着无云的天空，虔诚地向和他们同在的那个令人敬畏的神灵祈祷。两个声音——一个清脆而细弱，一个是低沉而沙哑——同声祈祷，乞求上帝怜悯、饶恕。

祈祷完了以后，他们又重新坐在巨石的阴影里。孩子依偎在她的保护人宽阔的胸膛里，慢慢地睡着了。他瞧她睡了一会儿，可他也无法抵抗自然的力量。他三天三夜一直没有休息过，没有合过眼。眼皮慢慢地下垂，遮蔽了困倦的双眼，头也渐渐地低垂到胸前。大人的斑白胡须和小孩儿的金黄卷发混在一起，两人都沉沉地入睡了。

如果这个流浪汉晚睡半小时，他就能看到一幕奇景了。

这片盐碱地遥远的尽头扬起了一片烟尘，最初很轻，远远看去，很难和远处的雾气分清楚，可后来烟尘越飞越高，扩散开来，直到形成了一团轮廓清晰的浓云。这团云越来越大，显然只有行进中的大队人马才能卷起这样的飞尘。如果是在肥沃的地区，人们就会认为，是草原上游牧的大队牛群正朝这边移动，但是在这片不毛

费里尔和露茜打算在高耸的岩石上过夜

之地上，这种情形显然是不可能的。滚滚烟尘向两个落难人睡觉的峭壁靠近，烟尘之中出现了帆布顶的篷车和武装骑士的身影，原来这是一大队浩浩荡荡向西行进的篷车。前队已到山脚下，后队还在地平线那边遥不可见。就在这片无边的旷野上，双轮车、四轮车、骑马或步行的男人，队列绵延不绝。无数妇女肩负着重担在路上蹒跚前进，许多孩子迈着不稳的脚步跟在车旁跑，也有一些孩子坐在车上，从白色的车篷里向外张望。显而易见，这不是一个普通的移民队伍，而像是一个游牧民族。由于环境所迫，正在迁居，另觅乐土。在这清澈的空气里，人喊马嘶，叮当作响，车声隆隆，乱成一片。即使这样喧声震天，也没有惊醒山上两个困乏的落难人。

二十多个神情严肃的男人骑马走在行列的前面。他们身穿朴素的土布衣服，手持来复枪。

来到山脚下，他们停了下来，简短地商议了一下。

"往右边走有井，弟兄们。"一个嘴唇紧绷、胡子刮得精光、头发斑白的人说。

"朝布兰科山脉的右侧走，我们就可以到格兰德河。"另一个说。

"不要担心没有水。"第三个人大声喊道，"能够从岩石中引水出来的真神，是不会舍弃他的民众的。"

"阿门！阿门！"所有人同声附和。

他们正要重新上路，其中一个最年轻、眼最尖的小伙子忽然指着他们头上那片犬牙交错的峭壁惊叫了起来。山顶上有一小缕粉红色的东西在上下飘动，在灰色岩石的衬托下非常惹眼。见此情景，骑手们一齐勒住马缰，拔枪在手。同时，更多的骑手从后面疾驰上来增援。每个人都在喊："有红人！"

"这里不可能有印第安人。"一位看来是领袖的长者说，"我们已经越过波尼红人居住区了，越过前面的大山以前不会再有其他的部落了。"

"我上去查看一下好吗，斯坦杰逊兄弟？"队列里有人问道。

"我也去！我也去！"十多个人同声喊道。

"把马留在下边！我们留在这里接应你们！"长者说。

年轻人翻身下马，把马拴好，沿着峻峭的山坡，向那个引起他们好奇心的目标攀登上去。他们迅速地悄然前进，动作像训练有素的童子军那样沉着、矫健。他们在山石间行走如飞，一直来到山巅。那个最先发现情况的年轻人走在前面。忽然，他两手一举，似乎大吃一惊。在他后面的人上前一看，眼前的情景也使他们都愣住了。

荒山顶上的一小块平地上有一块独立的大石头，旁边躺着一个高个子男人，须发很长，相貌严峻，形容枯槁。从他那安详的面容和均匀的呼吸可以看出，他睡得很熟。他的身旁睡着一个小女孩儿，孩子圆润白皙的手臂搂着大人那肌肉强健的棕色脖颈。她那披着金发的小脑袋靠在这个穿着棉绒上衣的男人的前胸，红润的小嘴微微张开，露着排列整齐的洁白牙齿，满含稚气的脸上挂着顽皮的微笑，又白又胖的小腿上穿着白色短袜，干净的鞋子上扣子闪闪发光。这些和她的伙伴那干瘦的长腿形成奇异的对比。两人头上有三只虎视眈眈的巨雕。它们一见又有人来，发出一阵失望的叫声，无可奈何地振翅飞走了。

巨雕的叫声惊醒了两个正在熟睡的人。他们睁开眼睛，惶惑地环顾四周。男子摇摇晃晃地站起身，向山下望去。他睡觉前还是一片凄凉的荒原上，现在却出现了大队人马。他的脸上露出难以置信的神情，举起枯瘦的手放在眼眉上仔细张望。"我想这就是所谓的神志不清了吧。"他喃喃自语道。

小女孩儿站在他的身旁，紧揪着他的衣角，什么也没有说，只是用孩童所有的那种新奇、探询的目光东看看西看看。

救星们很快就使这两个落难人相信，他们的出现并不是幻觉。

其中一个人抱起小女孩儿，把她放在肩上，另外两个人扶着她那疲弱不堪的同伴，一同向车队走去。

"我叫约翰·费里尔。"流浪者解释说，"二十一个人只剩下我和这个小家伙了。在南边，其他人没吃没喝，都死了。"

"她是你的孩子吗？"有人问道。

"我想，她现在是我的孩子了。"男子大声说，"她应该算是我的了，因为我救了她。谁也不能把她从我手里夺走。从今天起，她就叫露茜·费里尔了。可是，你们是谁呀?"他好奇地瞧了瞧这些晒得黝黑的救命恩人，接着说，"你们好像人很多呢。"

"差不多上万。"一个年轻人说，"我们是遭受迫害的上帝的儿女，天使摩罗乃的民众。"

"我没有听说过这位天使。"流浪者说，"他好像选到了你们这么多很不错的臣民了。"

"神圣的事开不得玩笑。"另外一个人严肃地说，"我们是信奉摩门经文的人。这些经文是用埃及文写在金箔上的，在巴尔米拉交给了圣徒约瑟夫·史密斯。我们是从伊利诺伊州的纳府城来的。在那里，我们曾经建立了我们自己的教堂。我们现在是出来逃避那个专横的史密斯和那些目无神明的人们的，即使是流落沙漠也心甘情愿。"

一提到纳府城，费里尔显然是想起来了什么。

"我知道了，"他说，"你们是摩门教徒。"

"我们是摩门教徒。"大家异口同声地说。

75

"那么你们现在要往哪里去呢?"

"我们自己也不知道。上帝之手借助于我们的先知指引着我们。你必须去见见先知，他会说怎么处置你的。"

这时，他们已经来到山脚下，一大群教徒立刻一拥而上，把他们围了起来，其中有面色苍白的驯良妇女，有嬉笑的健壮儿童，还有目光恳挚的焦虑男子。看到这两个陌生人，孩子是那么幼小，大人是那么虚弱，大家都不禁惊讶而怜悯地叹息起来。但是，护送者并没有停下脚步，而是推开众人前进，后边还跟着一大群摩门教徒，一直来到一辆马车前面。这辆马车十分高大，特别华丽讲究，因此很是醒目。这辆车套有六匹马，而别的都是两匹，最多的也不过四匹。车夫旁边坐着一个人，年纪不过三十岁，但是他那巨大的头颅和坚毅的神情，一看就知道他是一个领袖人物。他正在读一本棕色封皮的书。当这群人来到他面前时，他把书放在一边，认真地听取汇报。听完之后，他转向两个落难人。

"要想让我们带你们一起走，"他一本正经地说，"必须信奉我们的宗教。我们不允许有狼混进我们的羊群。与其让你们这个腐烂的斑点日后毁坏整个果实，倒不如就叫你们尸横旷野。你愿意接受这个条件跟我们走吗?"

"我愿意跟着你们走，什么条件都行。"费里尔一字一顿地说，就连那些稳重的长老都忍不住笑了。只有这位首领依旧保持着庄严、肃穆的神情。

"斯坦杰逊兄弟，你收留他吧!"他说，"给他吃的喝的，也给这孩子。你还要负责给他讲授我们的教义。我们耽搁太久了，动身吧，向锡安山①前进!"

"前进，向锡安山前进!"摩门教徒们一齐喊了起来。命令像波浪一样，在长长的大篷车队里口口相传，渐渐地化成隐约的低语，消失在远处了。鞭声噼啪，车轮声嘎吱，大队车马行动起来，整个行列很快又蜿蜒前进了。斯坦杰逊长老把两个浪子带到他的车里，那里早已给他们预备好了吃食。

"你们就待在这里，"他说，"没几天就能恢复精神了。从今以后要记住，你们是我们教派的教徒了。布里格姆·扬是这么说的，他传达的是约瑟夫·史密斯的声音，也就是上帝的旨意。"

---

① 耶路撒冷的地名，为基督教圣地。此处借用，指摩门教徒们行将择居之地。——编者注

二　犹他之花

　　这里不打算追述摩门教徒们最后定居以前在移民历程中所遭受的磨难和困顿。他们在密西西比河两岸一直到落基山脉西麓的这片土地上，以一种几乎是史无前例的坚忍不拔的精神奋力前行。他们用盎格鲁-撒克逊人的那种不屈不挠的顽强精神，克服了野人、野兽、饥渴、劳顿和疾病等上苍所能降下的一切阻难。但是，长途跋涉和无尽的恐怖使他们中间最为坚强的人也不免为之胆寒。因此，当他们看到脚下广阔的犹他山谷沐浴在一片阳光之中，并且听到他们的领袖宣称这片处女地就是神赐予他们的乐土和家园，而且将永远属于他们的时候，莫不俯首下跪，诚心祈祷。

　　没过多久，事实就证明了扬不但是一个处事果断的首领，而且还是一个高明的管理者。许多规划图制订以后，未来城市的面貌也就有了个轮廓。城市周围的全部土地都根据每个人的身份高低，按比例加以分配。商人仍然经商，工匠照旧做手艺。城市中的街道和广场魔术般地涌现出来。乡村中，开沟浚壑、造篱立界、栽培垦殖，一片生产气象。到了第二年的夏天，整个乡间便是万顷麦浪，金黄一片。在这个陌生的移民聚居区内，一切都是欣欣向荣。特别是他们在城市中心建造的那座宏伟的大教堂也一天天高耸起来。每天从晨光熹微直到暮色四合，教堂里传来的斧锯之声不绝于耳。这座建筑是移民们用来纪念那位引导他们安然渡过无数艰险的上帝的。

　　约翰·费里尔和小女孩儿相依为命，小女孩儿不久便被费里尔认作养女。这两个落难人随着这群摩门教徒来到了他们伟大的朝圣之旅的终点。小露茜·费里尔被收留在长老斯坦杰逊的篷车里，非常受人喜爱。她和斯坦杰逊的三个妻子，还有他那任性、早熟的十二岁的儿子同住。露茜不久便恢复了健康。由于她年幼温顺，而且小小年纪便失去了母亲，因此立刻就得到了这三个女人的宠爱，也逐渐适应了这样漂泊不定、帐幕为家的新生活。与此同时，费里尔也从困苦之中恢复了起来，证明自己不单是一个有用的向导，而且也是一个勤恳的猎人，他很快就获得了新伙伴们的尊敬。当他们结束漂泊生活的时候，大家一致赞成，除了先知扬和斯坦杰逊、肯博尔、约翰斯顿及特雷伯四个长老以外，费里尔应当像任何一个移民一样分得一大片肥沃的土地。

费里尔就这样获得了他的一个农庄，他在这片土地上建造了一座坚实的木屋。这座木屋由于逐年增建，渐渐成了一座宽敞的别墅。费里尔是一个很实际的人，为人处世精明，精通手艺。他的体格如铁打般健壮，这就使他能够从早到晚孜孜不倦地在土地上进行耕作和改良。因此，他的农庄和其他产业都非常兴旺。三年之内，他便超过了他的邻居们；六年之中就成为小康之家；九年后变得十分富有；十二年之后，整个盐湖城①里能够和他相比的便不足六人了。从盐湖这个内陆海起，一直到遥远的瓦塞赤山脉，无人比约翰·费里尔声名更大了。

但是，只有一件事，费里尔却伤害了教友的感情。不管怎样和他争论，不管怎样劝说他，都不能使他按照他的伙伴们的那种方式娶妻成家。他从来没有说明他一再拒绝这样做的理由究竟是什么，只是坚决而毫不动摇地固执己见。有些人指责他对于他所信奉的宗教并不虔诚，另有一些人认为他是吝啬财物，不肯破费。还有一些人猜测他早先必定有过一番恋爱经历，也许在大西洋沿岸有过一位金发女郎曾经为他憔悴伤怀。不管原因是什么，费里尔却依然故我地过着严谨的独身生活。除了这一点以外，在其他各个方面，他对于这个新兴殖民地上的宗教却是奉行不悖的，而且被公认为是一个

---

① 美国犹他州首府，地处盐湖之滨。——译者注

笃信正教、行为正派的人。

露茜·费里尔在这个木屋中长大，帮助义父处理一切事务。山区清新的空气和松林中飘溢的脂香像慈母般地抚育着这位少女。年复一年，露茜也一年年长大成人了，越来越高，越来越健美，面颊红润，脚步富有弹性。多少路人在经过费里尔家农庄旁的大道时，看见她苗条的少女身影轻盈地穿过麦田，或者碰见她骑着她父亲的小马，像一个地道的西部孩子那样熟练而优雅地驾驭它，往日的情景不禁浮上人们的心头。当年的蓓蕾今天已经绽放成花朵。这些年来，岁月使她的父亲变成了最富裕的农夫之一，同时也使她长成为太平洋沿岸整个山区里难得的一名标致的美洲少女。

但是，第一个发觉这孩子已经长大成人的并不是她的父亲。这种事情很少是由做父亲的首先发觉的。这种神秘的变化微妙而缓慢，不能以时日来衡量。最难觉察的还是少女本身，直到她听到某一个人的话语或者接触到某人的手时心头突突乱跳，这才产生出一种骄傲和恐惧交织的情感，知道一种新奇的、更加奔放的本性已经在她的内心深处觉醒了。世上很少有人能不忆起那一天，回想起预示着新生命到来的那件琐事。至于露茜·费里尔，姑且不论这件事对她和许多其他人的未来命运所产生的影响如何，事情本身已经是够严重的了。

六月里的一个温暖的早晨，摩门教徒们像蜂群一样忙碌着——他们就是以蜂巢为标志的。田野里、街道上，到处都有人们劳作的嘈杂声。尘土飞扬的大道上，重载的骡群风尘仆仆，络绎不绝，全都朝着西方进发。这时，加利福尼亚州正大兴淘金热，横贯大陆的道路穿过这座城市。大道上也有从遥远的牧区赶来的成群牛羊，还有一队队疲惫的移民，经过长途跋涉之后，显得人困马乏。在这人畜杂沓之中，露茜·费里尔凭借高明的骑术，纵马穿行而过，她那白皙的面庞涨得通红，栗色的长发在脑后飘扬。她是奉父亲之命前往城中办事的。像往常一样，由于年轻人的无畏，她不顾一切地催马前进，一心想着她要完成的任务。那些风尘仆仆的淘金冒险家惊奇地瞧着她的背影，就连那些运输皮革的冷漠的印第安人也为这个皮肤白皙的少女的美貌而倾倒，一向呆板的面孔不禁露出讶异的神色。

露茜赶到城郊时，一大群牛阻塞了道路。这群牛是六个面目粗野的牧人从大草原赶来的。她等得不耐烦了，策马挤进牛群中的空隙。但是，她刚刚进入牛群，牛就都从后面挤拢来，使她陷入了一片涌动的牛海之中，到处都是突睛长角的庞然大物。她平日常和牛群相处，因此，虽然身处这种境地，却并不惊慌，而是抓住每一个时机催马前进，打算从牛群中穿过。可是不巧，一头牛有意无意地用角猛触了一下马的侧腹，马受惊狂怒起来，前蹄腾跃，狂嘶不已，它上蹿下跳，左摇右晃，情况十分危险。惊马每跳动一次，就免不了又一次受到牛角的抵触，这就越发使它暴跳不已。露茜除了紧贴马鞍，毫无其他办法。她稍一失手，就会落在乱蹄之下，被受了惊吓的庞大、笨拙的牛踩得粉碎。由于从未经历过意外，她开始感到头昏眼花，手中紧握的缰绳眼看就要放松。飞扬的尘土，再加上拥挤的牛群里蒸腾的气味让她透不过气来。绝望之下，要不是身旁传来一个亲切的声音使她确信有人前来相助，她很可能就坚持不下去了。这时，一只强有力的棕色大手一把抓住了惊马的嚼环，在牛群中挤出了一条出路，很快就把她带出了牛群。

"小姐，但愿你没有受伤。"救她的人彬彬有礼地说。

她抬起头来，看着他那张黧黑而粗犷的脸，调皮地笑了起来。

"真把我吓坏了！"她天真无邪地说，"谁会想到庞乔这马儿竟会被一群牛吓成这个样子！"

"谢天谢地，幸亏你抱紧了马鞍子。"那人诚恳地说。这是一个高个子、面目粗野的小伙子，骑着一匹灰白斑点的骏马，身穿一件粗布猎装，肩上背着一杆长筒来复枪。"我猜你是约翰·费里尔的女儿吧。"他说，"我看见你从他的庄园那边过来。见着他的时候，你问问他还记不记得圣路易斯的杰斐逊·霍普一家人。如果他就是那个费里尔的话，我的父亲过去和他关系可密切呢。"

"你自己去问他，不更好吗？"她一本正经地说。

小伙子听她这么说，似乎很高兴，眼睛中闪耀着快乐的光芒。

"我会去的。"他说，"我们在山里待了两个月，这副模样不适合去拜访。他可得接受我们现在的样子。"

"他一定要大大地感谢你，我也要谢谢你。"她说，"他非常喜欢我。要是那些牛把我踩死的话，他会悲痛欲绝的。"

"我也会很伤心。"她的同伴说。

"你？哎呀，我怎么也看不出这和你有什么关系。你还不算是我们的朋友呢。"

年轻猎人听了这句话，黝黑的面孔不由得阴沉下来。露茜见了，不觉大声笑了起来。

"我不是那个意思。"她说，"当然，现在你已经是我的朋友了。你一定要来看看我们呀。现在我必须走了，不然的话，父亲以后就不会再把他的事情交给我办啦。再见！"

"再见。"他一边说，一边举起他那顶墨西哥式阔檐帽，然后又低头吻了一下她的小手。

她掉转马头，扬鞭打马，在滚滚烟尘之中沿着大道飞驰而去。

年轻的杰斐逊·霍普和他的伙伴们骑着马继续前行。一路上，他郁郁寡欢，默默无言。他和他们一直在内华达山脉中勘探银矿，现在正在返回盐湖城，打算筹集一笔足够的资金开采他们发现的矿藏。对于这项事业，他一向是跟其他人一样热衷，但这次偶遇却把他的思想引上了另一条道路。这个美丽的少女像山上的微风那样清新、健康，深深地触动了他的那颗火山般奔放不羁的心。当她的身影从他的视线中消逝以后，他觉得这是他生命中的一个紧要关头，银矿也好，任何其他问题也罢，对他来说，都比不上刚刚发生的占据他全部心神的这件事情重要。他心中出现的爱情已经不是一个孩子的那种变化无常的突发奇想，而是一个意志坚定、个性刚毅的男人的那种奔放强烈的激情。他平生所做的一切从来没有不是称心如愿的。因此，他暗暗发誓，只要人的努力和恒心能够使他成功的话，这一次他也绝不会失败。

当天晚上，他去拜访了约翰·费里尔，以后又去了许多趟，终于成为农庄里的熟客了。约翰·费里尔深居山谷，十二年来专心一意地忙于耕作，几乎没有机会了解外界的消息。杰斐逊·霍普把他的所见所闻一样样地讲给他听，而且讲得有声有色，不但使这位父亲听得津津有味，就连露茜也感到非常有趣。霍普是当年最早到达

霍普低头去吻露茜

加利福尼亚的人，因此能够讲述在那些无法无天、天下太平的岁月里发生的许多发财致富和倾家荡产的奇闻趣事。他做过童子军，捕捉过野兽，也曾勘探过银矿，当过牧场工人。只要哪里有冒险的事业，杰斐逊·霍普就要前去探求。很快地，他赢得了老农夫的欢心，老农夫对他赞不绝口。在这些场合下，露茜总是默默无言。但是，她那红晕的双颊、明亮而幸福的眼睛都非常清楚地说明，她那颗年轻的心已经不再属于她自己了。她那淳朴的老父亲也许还没有看出这些征兆，但这些征兆无疑没有逃过这个赢得她芳心的小伙子的那双眼睛。

一个夏天的傍晚，霍普骑着马从大道上疾驰而来，在费里尔家门口停下来。露茜正在门口，上前去迎接他。他把缰绳搭在篱笆上，沿着门前的小径大踏步地走了过来。

"我要走了，露茜。"他说着，握着她的双手，温柔地凝视着她的脸说，"现在我不要求你马上跟我一起走，但我回来的时候，你愿意跟我走吗？"

"可你什么时候回来呢？"她面色绯红，笑着问道。

"顶多两个月。到那时，你就要属于我了，亲爱的。谁也阻挡不了我们。"

"父亲对此什么态度？"她问。

"他已经同意了，只要我们的银矿开采进展顺利就行。这一点我并不担心。"

"哦，那就好。只要你和父亲把一切都安排好了，就用不着多说了。"她轻声说，把头偎依在他那宽阔的胸膛上。

"感谢上帝！"他粗声说道，弯下身去吻她。"那么，就这么定了。我越久留，越会更加难舍难分。他们还在峡谷里等着我呢。再见吧，亲爱的，再见了！不出两个月，你就会见到我了。"

他一边说，一边从她的怀里挣脱出来，翻身上马，头也不回地狂奔而去，好像担心稍一回眸，就会动摇他的决心。她站在门口，久久地望着，直到他的身影消逝，才走进屋去。此刻，她觉得自己是整个犹他州最幸福的姑娘了。

三 约翰·费里尔与先知会谈

杰斐逊·霍普和他的伙伴们离开盐湖城已经有三个星期了。每当约翰·费里尔想到，这个年轻人回来的时候，他就要失去他的养女，便感觉心痛。但是，女儿的那张明朗而又幸福的脸比任何争论都更能说服他接受这个安排。他内心深处早已暗暗下定决心，无论如何也决不让他的女儿嫁给一个摩门教徒。他认为，这种婚姻根本不能算是婚姻，简直就是一种耻辱。不管他对摩门教教义看法如何，但是在这一点上，他坚定不移。然而，对于这个问题，他却不能不守口如瓶，因为在摩门教的天下，发表违反教义的言论非常危险。

的确，这很危险——就连教会中那些德高望重的圣者在发表自己的宗教见解时都要屏住呼吸，低声细语，唯恐言论会被人曲解，立刻招来横祸。过去受到迫害的人现在出于私利变为迫害者，并且是变本加厉，极端残酷。塞维尔宗教法庭、德国叛教律以及意大利秘密党施行的惩戒机制，远不及摩门教徒在犹他州所布下的天罗地网更加令人望而生畏。

这个无形的组织出没无常，再加上与之相关的神秘活动，使得它倍加可怖。这个组织似乎是无所不知，无所不能，但它的所作所为人们既看不见，也听不到。谁要是敢于反对教会，谁就会消失得无影无踪，既没有人知道他的下落，也没有人知道他的遭遇。家中妻子、儿女倚门而望，可是父亲却一去不返，再也不会回来向他们诉说他落在秘密审判者手中的遭遇。说话稍一不慎，行动偶失检点，立刻就会招来杀身之祸，而谁也不知道笼罩在他们头上的这种可怕的势力究竟是什么。也难怪人们活在恐惧之中，战战兢兢，即使是在旷野无人之处，也不敢对压迫他们的这种势力悄声质疑。

最初，这种神秘莫测的可怕势力只是对付那些反抗者，因为这些曾经虔诚的摩门信徒后来想要背弃教义。可是不久，它的范围就扩大了。成年妇女人数越来越少。没有足够的妇女，一夫多妻制就要形同虚设。于是，各种奇怪的谣言肆意传播——在印第安人从未涉足之地，移民被谋杀，旅者的帐篷遭抢劫。摩门教长老的深居内室里却出现了陌生女人——面容憔悴，嘤嘤啜泣，脸上流露出难以磨灭的恐惧。据山中迟暮未归的游民传说，暗夜里他们看见一队队戴着面具的武装匪徒骑着马，偷偷摸摸、悄无声息地从他们身旁疾驰而过。这些故事和传闻最初不过是一鳞半爪，但是愈来愈有眉目，经过一再印证之后，也就确知何人所为了。直到今天，在西部荒凉的大草原上，"但人帮"① 和"复仇天使"仍然还是邪恶与不祥的代名词。

进一步了解这个作恶多端的组织，只能使人们思想中已被引发的那种恐怖感加深，而不是减轻。谁也不知道哪些人属于这个残暴的组织。这些打着宗教幌子进行残暴、血腥行动的人员姓名是绝对保密的。你把你对先知及其教会不满的言论讲给你的朋友听，此人可能会是夜晚明火执仗前来实施恐怖报复的人们中的一个。因此，每个人对于他的左邻右舍都心怀疑惧，更没有一个人敢于说出他的肺腑之言了。

一个晴朗的早晨，约翰·费里尔正打算去麦田，忽然听到前门的门闩咔嗒响了一下。他向窗外一望，只见一个身强力壮、淡茶色头发的中年男子沿着小径走了过来。他的心差点儿蹦到嗓子眼儿，

---

① 摩门教的一个秘密、险恶的流派。——译者注

因为进来的不是别人，正是大人物布里格姆·扬亲自驾到。他惊恐不已，因为他明白，这种拜访对他来说凶多吉少。费里尔赶紧跑到门口去迎接这位摩门教首领。但是，扬对他的欢迎表现冷淡，板着面孔随他进了客厅。

"费里尔兄弟，"他一边说着，一边坐了下来，目光锐利地打量着这个农夫，"上帝的忠实信徒们一直把你当作好朋友对待。你在沙漠里挨饿的时候，我们拯救了你，分给你我们的食物，把你平安地带到这个上帝选定的山谷来，还给了你一大片土地，而且让你在我们的庇护下，慢慢地发财致富。情况是不是这样呢？"

"是这样。"约翰·费里尔回答说。

"为了所有这一切，我们只提出过一个条件：你必须信奉我们这个纯正的宗教，并且要在各方面奉行教规。你曾答应过这样做，可是，如果大家的报告真实的话，你却一直玩忽不顾。"

"我怎么玩忽不顾了？"费里尔伸出双手，申辩道，"难道我没有按规定缴纳公共基金吗？难道我没有去教堂礼拜吗？难道我……"

"你的妻子们都在哪里？"扬问道，四下里张望。"把她们叫来，我要见见她们。"

"我没有娶妻，这倒是事实。"费里尔说，"可是，女人已经不多了，而且许多人比我更需要。我也并不是孤独之人，我还有女儿侍奉我哩。"

"我就是为着你那个女儿才来找你谈话的。"这位摩门教领袖说，"她已经长大成人了，称得上犹他之花了。这里许多有地位的人物都看中了她。"

约翰·费里尔心中暗暗叫苦。

"外面有许多传言，都说她被许配给一个异教徒了。我不相信这些说法，一定是那些无聊之人在嚼舌。圣约瑟夫·史密斯法典第十三条说什么了？'让每个摩门教少女都嫁给一个上帝的选民。如果她嫁给一个异教徒，就犯下了弥天大罪。'法典上就是这样说的。你既然信奉了这神圣的教义，就不该纵容你的女儿违背它。"

约翰·费里尔没有回答，神经质地摆弄着马鞭子。

"这个问题就可以考验你的全部诚意了——四圣会已经做了这样的决定。这个女孩儿还年轻，我们不会让她嫁给一个老头子的，也不会完全剥夺她的选择权。我们这些做长老的，已经有了许多'小母牛'①，可是我们的孩子们却还有需要。斯坦杰逊有一个儿子，特雷伯也有一个，他们都会高兴把你的女儿娶到他们家里去的。叫她在他们两人中间选一个吧。他们既年轻又有钱，并且都信奉正教。你有什么要说的？"

费里尔双眉紧皱，沉默了一会儿。

"您总得给我们一些时间啊！"他终于说道，"我的女儿还很年轻，还不到结婚的年纪呢。"

"给她一个月的时间来选择。"扬说着站起身来，"一个月后，她就要给我答复。"

出门时，他突然回过头来，脸涨得通红，目露凶光，厉声喝道："约翰·费里尔，你要是想拿鸡蛋往石头上碰，胆敢违抗四圣会的命令，还不如你们父女俩都在布兰科山上化成白骨呢！"

他威胁地挥了挥手，掉头而去。费里尔听见他那沉重的脚步声踏在门前砂石小径上嚓嚓作响。

他把胳膊肘支在膝头，一直坐在那里，考虑该如何对女儿说这件事。这时，一只柔软的手搭在他的手上。他抬头一看，见女儿站在身旁。一瞧见她那苍白、惊恐的脸，他就明白了，她已经听见刚才这番谈话了。

她见父亲脸色不对，就说："我都听见了。他的声音那么大，整个房子里都听得见。哦，爸爸，爸爸！我们该怎么办？"

"不要惊慌！"他一面说，一面把她拉到身边，用粗大的手抚摸着她的栗色秀发。"我们一定能想出办法来。你对那个小伙子的感

---

① "小母牛"系摩门教首领之一肯鲍在一次讲道中提到他的一百个老婆时所用的字眼。——译者注

情不会淡漠，是吧？"

露茜没有回答，只是啜泣着握紧了他的手。

"不会，当然不会。他是一个有前途的小伙子，而且还是个基督徒。就凭这一点，他就比这里的人强多了，不管他们是怎样祈祷和说教的。明天早晨有人去内华达，我设法让他们给霍普捎个信，让他知道我们现在的恶劣处境。我了解这个年轻人，他一定会飞也似的跑回来，比电报还要快。"

露茜听了她父亲这番描述，不禁破涕为笑。

"等他回来以后，一定会给我们想个万全之策的。可我担心的倒是你，亲爱的爸爸。听说反对先知的人都要遭殃的。"

"可我们还没有反对他呢。"她父亲回答说，"如果我们反对了他，那可就真得防备一下。我们还有整整一个月的时间。期限到来之前，我想我们最好还是逃出犹他这个地方。"

"离开犹他？"

"就是这样。"

"可是农庄呢？"

"可以变卖。我们尽量把它变卖成钱，卖不掉的也只好算了。说实在的，露茜，我并不是现在才想这样做。我不喜欢向任何人屈服，就像这里的人屈从于他们那位该死的先知的淫威一样。我是一个生来自由的美国人，这里的一切我实在看不惯。我认为我是太老了，学不来他们这一套。假如他到我的田庄来撒野的话，那就要尝尝猎枪子弹的厉害了。"

"可他们是不会放我们走的。"他的女儿说。

"等杰斐逊回来，我们就逃出去。在这期间，你千万不要难过，我的好女儿！也不要把眼睛哭肿。不然的话，他看见你这副模样，一定会责怪我的。没有什么可怕的，不会有什么危险。"

尽管约翰·费里尔说这些话时语气十分坚定，但当天晚上，她却看到，父亲格外仔细地闩好门户，并且取下挂在卧室墙上的那支生了锈的猎枪，把它擦拭干净，装上了子弹。

四　亡命之旅

　　和摩门教先知会谈后的第二天早晨，约翰·费里尔就到盐湖城去了。他找到那个要去内华达的朋友，托他给杰斐逊·霍普捎一封信。他在信中把迫在眉睫的危险情况告诉了霍普，并且要他回来。这件事办妥以后，他觉得心里轻松了一些，于是带着比较愉快的心情回家了。

　　走近他的农庄时，他惊奇地看到大门两旁的门柱上一边拴着一匹马。更使他惊异的是，他走进屋子时，发现客厅里有两个年轻人。一个是长脸，面色苍白，躺在摇椅上，两只脚跷得高高的。另一个脖子粗大，面目丑陋，傲气凌人，站在窗前，两手插在裤袋里，嘴里吹着一首流行的赞美歌。

　　费里尔进屋的时候，两个人向他点了点头。

　　"也许你还不认识我们。"躺在椅子上的那一个首先开了口，"这位是特雷伯长老的儿子，我是约瑟夫·斯坦杰逊。当上帝伸出它的圣手，把你们引进善良的羊群里的时候，我们和你们一道在沙漠上旅行过。"

　　"上帝终究是要把普天之下的人们都引进来的。"另一个人瓮声瓮气地说，"上帝虽然研磨得缓慢，但却非常精细，毫无疏漏。"

　　约翰·费里尔冷冷地鞠了一躬。他已经知道来客的意图了。

　　"我们来，"斯坦杰逊继续说道，"是奉父亲的指示前来向你的女儿求婚的。请你和你的女儿看看，我们两个人谁最合意。我只有四个老婆，特雷伯兄弟已经有七个了，因此，我的需求比他大。"

"不对，不对，斯坦杰逊兄弟。"另一个大声叫起来，"关键不在于我们有多少老婆，而在于究竟能够养活多少。我父亲现在已经把他的磨坊给我了，所以，我现在比你有钱。"

"但是，我将来会比你有钱。"对方着急地说，"等上帝把我父亲请去以后，我就可以得到他的硝皮场和制革厂了。到那时，我就是你的长老了，在教会中的地位也会比你高。"

"那只有让这位姑娘来决定喽。"小特雷伯扬扬自得地看着自己映在镜子里的身影说，"我们还是完全任她选择好了。"

约翰·费里尔一直站在门边听他们说话，肺都要气炸了，恨不得用马鞭子抽这两个人。

最后，他大步走到他们面前，喝道："听着，我的女儿叫你们来，你们才能到这儿来。但是，在此之前，我不愿再看见你们这副嘴脸。"

两个年轻的摩门教徒惊讶地瞪着费里尔。在他们看来，他们争着向露茜求婚，对于他们父女来说都是一种至高无上的光荣。

"要想出这间屋，有两条路可走!"费里尔喝道，"一条是门，一条是窗户。你们愿意走哪一条?"

他那棕色的脸显得非常凶狠，一双青筋暴露的手同样吓人。两位客人跳起身来，慌忙拔腿就跑。费里尔一直追到门口。

"你们两位商量好了，告诉我一声啊。"他挖苦说。

"你自讨苦吃!"斯坦杰逊大声叫道，脸都气白了。"竟敢公然违抗先知，违抗四圣会。你要后悔一辈子的!"

"上帝之手要重重地惩罚你，"小特雷伯也叫道，"他会现身痛打你的!"

"好吧，那我就先下手。"费里尔愤怒地叫道。要不是露茜拉住他，他早就冲上楼去拿枪了。他正想从露茜手中挣脱，听见一阵马蹄声，知道他们已走远，追不上了。

"这两个假装虔诚的小流氓!"他擦着额头上的汗，大声说道，"把你嫁给他们这种人，我的孩子，你倒不如死了的干净。"

"我也这样想，爸爸。"她打起精神说，"不过，杰斐逊马上就要回来了。"

"是的，他很快就要回来了。越快越好。我们还不知道他们下一步会怎么样呢。"

现在，这个坚强的老农和他的养女非常需要一个能够为他们出谋划策的人来帮助他们。在这个移民聚居区，还从来没有发生过这样公然违抗长老权威的事情。如果说小过错都要受到严厉惩罚的话，那么，这个大逆不道之人的下场会怎样？费里尔知道，他的财富和地位也帮不了他。在此以前，好多和他一样有名又有钱的人都被偷偷干掉了，他们的财产也全部归了教会。他是个勇敢的人，但是，对降临在他头上的这种隐约、不可捉摸的恐怖，他想起来就要不寒而栗。明处的危险，他可以勇敢地面对，但是，这种悬念却令人抓狂。虽然如此，他还是把他的恐惧隐藏起来，不让女儿知道，并且装出一副若无其事的样子。可是，女儿早已看出他忐忑的心情。

他早就预料到，这番行为必然会招来扬的某种警告，但对方的警告方式却是他意想不到的。第二天早晨，费里尔一起床就吃惊地发现，被面上，恰好在他胸口上方，钉着一张小方纸条，上面歪歪扭扭地写了一行字：

限你二十九天改邪归正，否则——

字后这一划比任何恫吓都要令人害怕。这张纸条是怎么送进他的房中的，这件事使约翰·费里尔百思莫解，因为他的仆人们都睡在另外的房子里，而且所有的门窗都闩牢了。他把纸条揉成一团，也没有把这件事告诉女儿，可内心却感到胆战心惊。这"二十九天"明明是指扬所承诺的一个月期限所剩下的日子。对付一个拥有这种神秘力量的敌人，单凭血气之勇又有什么用处呢？钉纸条的那只手本可以用刀刺穿他的心脏，而他永远也不会知道是谁杀害了他。

次日早晨，又发生了使费里尔更加震惊的事情。他们吃早餐的时候，露茜忽然指着屋顶，发出一声惊叫。天花板中央写着数字"28"，是用烧焦的木棒草草写上的。他的女儿感到匪夷所思，他也没有向她说明。那天晚上，他没有睡觉，拿着枪，通宵守卫。他既无所见，又无所闻，可第二天早晨，他家的门上又出现了一个大大的"27"。

一天又一天地过去了。就像黎明每天必然来临一样，他每天都发现，暗藏的敌人在一些显眼的地方标出他的一个月期限还剩下几天。这些要命的数字有时写在墙上，有时写在地板上，还有几次是写在小纸片上贴在花园的门或栏杆上。约翰·费里尔虽然百般警戒，却一直未能发现这些每天来临的警告究竟从何而来。他每次看到这些警告，都会感到极为恐怖，因此变得憔悴枯槁，心神不宁，眼里流露出被追捕的野兽所有的那种仓皇神色。他现在唯一的希望就是等那个年轻的猎人从内华达回来。

二十天变成了十五天，十五天又变成了十天，远方还是杳无音信。限期一天天在减少，却仍然不见他的踪影。每当大路上响起马蹄声，或者传来车夫吆喝群马的喊声的时候，老农都要赶紧跑到大门口张望，以为救星终于到了。最后，眼看期限从五天变成四天，又从四天变成了三天，他失去了信心，完全放弃了逃走的希望。单枪匹马，再加上对这个移民区四周环绕的大山不太熟悉，他知道自己是无力逃跑的了。通行大道都已被严密地把守起来，没有四圣会的命令，任何人都不能通过。看来他是走投无路了，这场临头大祸眼看是无法避免了。但是，老人的决心并未动摇，他宁愿拼着一死，也不会允许他女儿遭到污辱。

一天晚上，他独自一个人坐着，千思万虑地盘算着他的心事，但是左思右想，总想不出什么办法可以逃脱这场灾难。这天早晨，房屋的墙上已经出现了一个"2"字，明天就是规定期限的最后一天了。到时会发生什么样的事情呢？他想象到各种各样模糊不清而又令人可怕的情景。还有他的女儿——在他死后，她又将如何？难道他们真就逃不出周围撒下的这道无形的天罗地网吗？一想到自己

费里尔拿着枪通宵守在家门口

无能为力，他不禁伏在桌上哭泣起来。

那是什么？万籁俱寂之中，他听到一阵儿轻微的声音，但在更深夜静的时候却非常清晰。声音来自房门口。费里尔蹑手蹑脚地来到大厅，凝神倾听。停了一会儿，这个低沉的声音又隐约响起，显然是有人在轻轻叩门。难道是刺客夜半前来执行秘密法庭的暗杀使命吗？或者，是那个信使正在涂写限期的最后一天已经到了吗？约翰·费里尔这时觉得，痛痛快快的死亡也比这种使人胆战心寒、悬而不决的折磨要好。于是，他便走上前去，拔下门闩，打开了门。

门外一片静寂。夜色朗朗，繁星在头上闪烁发光。农夫眼前只是一片庭前花园，四周篱垣环绕，还有一扇大门。但是，花园里和大路上都不见一个人影。费里尔松了口气，左右瞧了一下，但是无意中向脚下一瞧，却吃惊地发现一个人趴在地上，手脚直挺挺地伸展着。

见此情景，他吓了一跳，靠在墙上，用手按着自己的喉咙，才没有喊出声来。最初，他以为这个趴在地上的人是个受伤或是将死之人。但是，仔细一瞧，只见那人在地上扭动着身体，如蛇一样迅速无声地爬进了厅堂。一进屋，此人便一跃而起，关上房门，出现在目瞪口呆的老农夫面前的竟然是杰斐逊·霍普，脸上带着坚毅的表情。

"天哪！"约翰·费里尔气咻咻地说，"你可把我吓坏了！为什么这样进来？"

"快给我吃的！"霍普哑声说道，"我两天两夜来不及吃一口东西。"见主人的晚餐仍在桌上未动，他扑上去，抓起冷肉、面包，狼吞虎咽地吃起来。"露茜可好？"吃饱以后，他问道。

"很好。她并不知道有危险。"这位父亲回答说。

"那很好。这所房子已被人四面监视起来了。这就是我为什么要一路爬进来的原因。他们可算是够机警的了，可要想捉住一个瓦休猎人还差一点儿。"

约翰·费里尔现在完全变了一个人，他知道自己有了一个忠实可靠的帮手。他一把抓住年轻人粗糙的手，诚恳地紧握着说："你真让人感到骄傲。除你以外，再也没有什么人肯来分担我们的危险和困难了。"

"您说的对，老人家！"年轻猎人回答说，"我是尊敬您的，但是，如果这件事情只是关系到您一个人，那么，我在把头伸进这样一个马蜂窝里来之前，倒要三思而行。我是为露茜来的。我想，不等他们对露茜下手，我就能和她远走高飞了，犹他州也就没有姓霍普的这家人了。"

"我们现在该怎么办呢？"

"明天就是你们的最后期限，除非今晚就行动起来，不然就要来不及了。我弄了一头骡子和两匹马，现在都放在鹰谷那里等着。您有多少钱？"

"两千块金洋和五千元纸币。"

"这就够了。此外，我自己也有这么多钱，可以凑在一起。我们必须穿过大山到卡森城去。您最好去叫醒露茜。仆人没有睡在这房子里，这倒很方便。"

费里尔进去叫女儿准备上路的时候，杰斐逊·霍普把他能够找到的所有吃食打成一个小包，又把一个瓷瓶灌满了水。因为凭经验，他知道山中水井很少，也相距甚远。他刚刚收拾完毕，农夫和他的女儿就一齐走了出来，穿戴整齐，准备出发了。一对恋人之间的问候亲热而短暂，因为现在一分一秒的时间都很宝贵，还有许多事情要做。

"我们必须马上出发。"杰斐逊·霍普说，声音低沉而又坚决，就像一个人明知山有虎，偏向虎山行。"前面和后面的出口都有人把守。可是，小心一点儿的话，我们还是可以从旁边窗子出去，穿过田野逃走。只要一上大路，再走两英里，我们就可以到达鹰谷了，马匹就在那里等着。天明以前，我们的山路就该走了一半了。"

"有人阻拦怎么办？"费里尔问道。

霍普拍了拍衣襟下面露出的左轮手枪枪柄。"即使我们寡不敌众，我们至少也要干掉他两三个。"他冷笑着说。

屋中的灯火已全部熄灭，费里尔从黑黝黝的窗口望出去，瞧着曾经一度属于他的这片土地，现在就要永远地放弃了。对于这种牺牲，他一直耿耿于怀，可当他想到他女儿的名誉和幸福时，即使倾家荡产他也在所不惜了。沙沙作响的树林和那一望无际的平静田野，一切看来都是那样宁静，使人感到幸福。难以想象，这里却是那些杀人魔王们的出没之地。然而，年轻猎人那苍白的脸色和紧张的表情都说明，在他接近这所房子的时候，他早已把这里的险恶情况看得一清二楚了。

费里尔提着钱袋，杰斐逊·霍普带着不多的口粮和饮水，露茜提着一个小包，里边有她的一些珍贵物品。慢慢地，他们小心翼翼地打开窗子，等到一片乌云使夜色朦胧起来的时候，他们才一个跟着一个越窗而出，走进小花园中去。他们屏声静气，弯下腰来，深一脚浅一脚地穿过花园，来到花园篱垣的暗处，沿着篱垣走到一个通向麦田的缺口。刚走到那里，霍普突然一把抓住父女二人，把他们拖到暗处，静静地伏在那儿，浑身颤抖。

幸好霍普在草原上久经锻炼，耳朵像山猫一样敏锐。他们刚刚伏下身子，只听见离他们几码之外有一声猫头鹰的悲鸣，不远处立刻传来另外一声应和。与此同时，只见一个隐隐约约的人影出现在他们刚刚打开的那个缺口处。他又发出一声悲凉的暗号，另外一个人便应声从暗处出来了。

"明天半夜，"头一个人这样说，看来他是一个领头人物，"夜鹰叫三声时下手。"

"好的。"另一个答道，"要我传达给特雷伯兄弟吗？"

"告诉他，让他再传达给其他人。九到七！"

"七到五！"另一个接着说，这两个人便分道悄然而去了。他们最后说的那两句话显然是一种问答式的暗号。他们的脚步声刚刚消失在远处，杰斐逊·霍普就立刻跳起身来，扶着他的同伴穿过缺口，以最快速度领着他们越过田地。这时，露茜似乎已经精疲力竭了，于是，他连搀带扶地拉着她飞跑。

"快点儿！赶快！"他一次又一次地气喘吁吁地催促着，"我们已经闯过了警戒线。快跑！"

一上大道，他们就立刻快速前进了。路上，他们仅碰到过一次人，连忙闪进一片麦田中去躲避，以免被人识破。快到城边的时候，猎人拐进了一条通向山间去的崎岖窄道。黑暗中，两座黑压压的巍峨大山出现在头顶。这条狭窄的峡道就是鹰谷，马匹就在这里等候着他们。杰斐逊·霍普凭着他辨识准确的本能，在一片乱石之中拾路前行，沿着一条干涸了的小溪来到一个山石屏蔽的僻静角落。三匹忠心的骡马都拴在那里。露茜被扶上一匹骡子，老费里尔带着他的钱袋，骑上了一匹马。杰斐逊·霍普骑着另外一匹，引领他们沿着险峻的山道前进。

对于任何不熟悉大自然最狂野的一面的人来说，这条崎岖山路定会使他们头晕目眩的。山路的一边是绝壁千丈，山石嵯峨，黑压压的，凶险可畏；参差不平的绝壁上有一条条长长的石梁，就像魔鬼化石身上的一根根肋骨一样。另一边则是乱石纵横，无路可走。在这中间，只有这条曲曲弯弯的小道。有些地方十分狭窄，只容单人通过。山路崎岖难行，只有精于马术的人才能通过。尽管有这许多困难和艰险，但是，逃亡者的心情却是愉快的，因为他们每前进一步，也就与他们刚刚逃出来的那个暴政横行之所远离了一步。

但是，他们不久便发现自己仍然还没有逃出摩门教徒的势力范围。当他们来到山路中最为荒凉的地段时，露茜突然惊叫了起来，用手向上一指。有一块俯临山路的岩石在天光衬托之下显得暗黑而单调，岩石上孤零零地站着一个哨兵。他们发觉他的同时，他也看见了他们。静静的山谷里响起了哨兵的吆喝声："谁在那里走动？"

"是去内华达的旅客。"杰斐逊·霍普应声答道，手按在鞍旁的来复枪上。

他们可以看见，哨兵的手指扣着扳机，眯着眼向下看他们，似乎对他们的回答感到不满。

"是谁准许的？"他问道。

"四圣会准许的。"费里尔回答说。根据他的摩门教体验，他知道这是教内最高的权威了。

"九到七。"哨兵叫道。

费里尔逃离盐湖城，在山谷中遇到了哨兵

"七到五。"杰斐逊·霍普马上回答说，他想起了在花园中听到的这句应答口令。

　　"过去吧，上帝与你们同行。"上面的声音说。

　　过了这一关之后，前面的道路就宽阔起来了，马匹可以放开脚步，小跑前进了。回过头来，他们还能看见那个哨兵，倚着他的枪支，孤零零地站在那里。这时，他们知道，已经闯过了摩门教区的边防要隘，自由就在前方了。

五　复仇天使

　　一整夜，他们走过的尽是一些错综复杂的小路和崎岖难行、乱石纵横的山道。他们不止一次地迷了路，幸亏霍普熟悉山中情况，才使他们重新走上了正道。天明以后，他们眼前出现了一幅奇景，虽然荒凉，却是壮丽无比。白雪披顶的群峰四周环绕，山峦重叠，一直绵延到遥远的地平线上。山路两旁尽是悬崖绝壁，上面生长着的落叶松好像是悬挂在他们头上一样，似乎只消一阵风吹过，就会砸下来压在他们头上。但这也并不完全是空想之中的恐惧，因为在这个荒凉的山谷里，草木丛生，乱石杂陈，树石都曾这样滚下来过。就在他们经过的时候，一块巨石滚落下来，隆隆之声在这静静的峡谷里回荡着，吓得疲乏的马匹都惊奔起来。

　　当太阳从东方地平线缓慢上升的时候，群峰便像开宴张灯时的情景一样，一个接一个地点亮了，直到所有山头都被抹上了一片微红，发出光亮。这个壮观的奇景使得三个逃亡者精神为之一振，前进的劲头倍增。他们在一个涌出激流的谷口停了下来，饮了马，自己也匆匆地吃了早餐。露茜和她父亲倒愿意多休息一会儿，可是杰斐逊·霍普却坚持快走。"这个时候，他们多半正在追捕我们。"他说，"成败完全在于我们前进的速度了。只要我们平安地到达了卡森城，就是休息一辈子也不要紧了。"

　　一整天，他们在山道中奔波前行。临近黄昏，他们估摸着已经离开敌人三十多英里了。夜间，他们选择了悬岩下面可以躲避寒风的地方，挤在一处取暖，睡了几个钟头，天还没亮，便又起身上路了。他们一直没有发现有人追赶的迹象，因此，杰斐逊·霍普便认为他们很可能已经逃出了虎口，那个迫害他们的可怕组织现在已是鞭长莫及了。但是，他一点儿也不知道这个魔掌究竟能够伸多远，更没有想到这个魔掌已经迫近，就要把他们打得粉碎了。

逃亡次日，大约中午时分，不多的口粮眼看就要吃完了。但是，这件事并没有使霍普感到不安，因为山里有的是飞禽走兽可以猎取充饥，从前他就常常是靠着他那支来复枪维持生计的。他选择了一个隐蔽的角落，拾取了一些枯枝干柴生起火来，想让大家暖和一下。他们现在已是在海拔近五千英尺的高山之上，十分寒冷。他把骡马拴好，跟露茜告别后，扛上他的来复枪，出去碰碰运气，打点儿东西。他回过头来，只见老人和少女正蹲在火堆旁取暖，三匹骡马一动也不动地站在后边。再走几步，大石阻挡了视线，看不见他们了。

他翻山越岭，走了两英里多路，可是一无所获。然而，从树干上的痕迹以及其他迹象来看，他断定附近有无数野熊出没。可是他搜索了两三个小时也毫无结果，最后正打算空手回去，忽然抬头一看，不觉心花怒放。在离地三四百英尺高处的一块突出的悬岩边上站着一只野兽，样子看来很像绵羊，但是长着一对巨大的长角。这个人称"大犄角"的家伙可能是正在为霍普看不到的兽群执行着警戒任务。但幸运的是，它是背对着霍普的，并没有发觉他。他趴在地上，把枪架在一块岩石上，慢而稳地瞄准后才扣动扳机。野兽跳了起来，在悬崖边挣扎了几下，然后滚落到谷底去了。

这只野兽十分沉重，一个人背不动，霍普将它的一只腿和一些肋肉割了下来。这时已近黄昏，他背起这些战利品，沿着来路往回走。但是，刚要举步，他就意识到自己已陷入了困境。在专心一意寻找野兽的时候，他走得太远了，已经远远地走出了他所熟悉的那些峡谷，要辨认出来路不是一件容易的事。他觉得他身处的这个山谷一时变成千沟万壑，处处十分相似，简直无法分辨。他沿着一条山沟走了一英里多路，来到一个涧水淙淙的所在。他肯定来时绝没

有见过这个山涧。他断定自己已经走错了路，于是又另走一条，结果仍然不对。夜色很快就降临了，当他终于找到一条熟识的小道时，天色已几乎完全黑了下来。即便是熟路，要沿着这条小路走不再偏离，也非易事。因为月亮还未升起，小路两边绝壁高耸，使得道路格外黑暗难行。霍普背着沉重的东西，被压得喘不过气来，况且忙碌了半天，已经精疲力竭了。但是，他仍旧蹒跚前行，当他想到每前进一步，就离露茜近了一步，而且想到他背来的食物足够支撑他们走完剩下的路程了，他的精神便又振奋起来。

现在，他已经来到先前离开他们的那个峡谷入口。虽然是在黑暗之中，他也能辨认出遮断入口处的那些巨石的轮廓。他想，他们一定正在焦急地等待着他呢，因为他已经离开将近五个钟头了。一时高兴之下，他把两只手放在嘴边，借着峡谷的回音，大声召唤着，表示他回来了。他停了一下，倾听着回音。可是，除了他自己的呼声碰到这片沉寂、荒凉的峡谷石壁，折回来形成无数的回音以外，什么也没有。他又叫了一声，比先前那一声更加响亮，可还是没听见与他分别才不久的朋友们的回音。他隐隐约约地感到一种莫名的恐惧，于是便急忙奔了过去，慌乱中把那些宝贵的兽肉也扔掉了。

转过弯去，他一眼便看清楚了刚才生火的地方的情况。那里仍然有着一堆炭火在闪烁发光；但是很明显，在他离开以后，再也没有人添过柴。周围同样是一片死寂。原先的恐惧现在变成了现实，他急忙奔过去。火堆的余烬旁没有一点儿活物，马匹、老人和少女都不见了。这分明是在他离开以后发生了什么突如其来的可怕灾难——他们无一幸免，而且没有留下一点儿痕迹。

这个意外打击使得杰斐逊·霍普惊慌失措，目瞪口呆。他只觉得一阵天旋地转，于是赶紧抓住了来复枪以支撑自己，以免跌倒下去。但是，他到底是一个意志坚强的人，很快地便从这种迷惘中清醒过来。他从焖烧的火堆里捡起一段半焦的木材，把它吹燃。他借着这个光亮，把这个休息的地方查看了一番。地面上到处都是马蹄践踏的印子，这就说明，一大队骑马的人已经追上了逃亡者。从去路的方向来看，他们后来又转回盐湖城去了。他们是否把他的两个伙伴全都带走了呢？霍普几乎确信一定是那样，可是，当他的眼光落在一件东西上的时候，不禁毛发都竖了起来。离篝火没有几步远的地方有一堆不高的红土，这肯定是原来没有的。一点儿也不错，这是一个新掘成的坟墓。当霍普走近的时候，他发觉土堆上面还插着一根木棒。木棒的分叉裂缝处夹着一张纸，纸上草草写了几个字，但是简明扼要。

约翰·费里尔
生前住在盐湖城
死于一八六〇年八月四日

　　他才刚离开不久的那位健壮老人就此死去了，而这几个字竟成了他的墓志铭。杰斐逊·霍普又狂乱地到处寻找，想看看是否还有第二个坟墓，可是没有发现一点儿痕迹。露茜已经被这班可怕的追赶者带了回去，去接受她原先注定的命运，成为长老儿子的小妾了。当这个年轻小伙子意识到她的命运确已如此，而他自己又无力挽回的时候，他真想跟随这位老农，一同长眠在他最后安息的地方。

　　但是，他的积极精神再一次使他摆脱了这种由于绝望而产生的倦怠。如果他实在没有别的办法可想，他至少还可以把他的一生用在报仇雪恨上。杰斐逊·霍普还有着百折不挠的耐心和毅力，因此他也就具有一种百折不挠的复仇决心。他的这种复仇心可能是在他和印第安人相处的日子里，从他们那里学来的。他站在凄凉的火堆旁，觉得只有彻底、干净、痛快地报仇，亲手杀死他的仇人，才能减轻他的悲痛。他下定了决心，要把他的坚强意志和无穷精力全部用在报仇雪恨上。他面色惨白、面容狰狞，一步一步沿着来路走到他丢落兽肉的地方。他把快要熄灭的火堆挑燃起来，烤着兽肉，一直到熟肉足够他维持数日食用为止。他把烤熟的兽肉捆作一包。这时，他虽然疲惫至极，却仍然踏着这帮复仇天使的足迹，穿过大

杰斐逊站在费里尔的简易坟墓前

山，一步一步地走了回去。

他沿着先前骑马走过的道路，千辛万苦地走了五天，直走得疲倦已极、脚痛难忍。夜里，他就躺在乱石之间，胡乱睡上几个钟头，天不亮便又起来赶路。第六天，他就来到了鹰谷，他们就是从这里开始不幸的逃亡的。他从鹰谷往下瞧，可以看见摩门教徒们的田舍家园。现在，他已是形销骨立、憔悴不堪了。他倚着来复枪，对着脚下这片寂静而广阔的城市，狠狠地挥舞着他那瘦削的拳头。他在看这个城市的时候，注意到一些主要街道上挂着旗帜和其他的节日标志。他正在猜测其中的原因，忽听一阵马蹄声，只见一个人骑着马向他跑来。跑近时，他认出这是一个名叫考珀的摩门教徒，他曾经先后几次帮过此人的忙。所以，当那人来到近前时，霍普就向他打了招呼，想从他那里打听一下露茜的命运究竟如何了。

"我是杰斐逊·霍普。"他说，"你还记得我吗？"

这个摩门教徒带着毫不掩饰的惊异神色望着他——的确，在这个面色惨白、双目狰狞、衣衫褴褛、蓬头垢面的流浪汉身上，很难看出当日那个年轻英俊的猎人的影子。但是，当他终于认出这确实是霍普时，他的惊异便变成了恐惧。

"你疯了，竟敢跑到这里来！"他叫起来，"要是有人看见我在和你说话，连我这条命也要保不住了。因为你帮助费里尔父女逃走，四圣会已经下令通缉你了。"

"我不怕他们，我也不怕他们通缉。"霍普恳切地说，"考珀，你一定已经听说这件事了。我千万求你回答几个问题。我们一向是朋友，请你看在上帝的分儿上，不要拒绝。"

"什么问题？"这个摩门教徒不安地问道，"快点儿说。这些石头都有耳朵，这些大树也长着眼睛哩。"

"露茜·费里尔怎么样了？"

"她昨天和小特雷伯结婚了。站稳了，喂，你要站稳些。你都魂不附体了？"

"不要管我。"霍普有气无力地说。他的嘴唇都白了，颓然跌坐在刚才一直倚靠着的那块石头上。"你说结婚了？"

"昨天结婚的——新房上挂着的那些旗帜就是为了这个。为了该谁娶她，小特雷伯和小斯坦杰逊还吵了一架呢。他们两个人都参加了追捕，斯坦杰逊还开枪打死了她的父亲，因此他就更有理由要求得到她。但是，他们在四圣会议上争执的时候，由于特雷伯一派势力大，先知就把露茜交给了特雷伯。可是，不管是谁占有她，都不会长久了。因为昨天我看见她已经是一脸死色，哪里还像个女人，简直是个鬼了。你要走了吗？"

"是的，我要走了。"杰斐逊·霍普站了起来，神情严峻而坚决，眼睛闪露着凶光。

"你要到哪里去呢？"

"你不要管。"他回答道。

他把枪扛在肩上，大踏步地走下山谷，一直走到大山深处的野兽出没之地。群兽之中，再没有比霍普更为凶猛、更为危险的了。

不知是因为父亲的惨死，还是由于被迫成婚、心怀愤恨的缘故，可怜的露茜一直萎靡不振，了无生趣，不到一个月，便郁郁而终。

她的混蛋丈夫娶她主要是为了约翰·费里尔的财产，因此对她的死并未感到多大的悲伤；倒是他的一些妻妾却对她表示了哀悼，并且按照摩门教的风俗，在下葬前整夜为她守灵。第二天凌晨，正当她们围坐在灵床旁边的时候，房门忽然打开，一个衣衫褴褛、面目粗野、饱经风霜的男人闯了进来。他对那些吓得缩成一团的妇女们瞧都没瞧一眼，一句话也没说，径自走向曾经一度蕴藏着露茜·费里尔纯洁灵魂的那具苍白、安静的遗体。他弯下身来，在她那冰冷的前额上虔诚地吻了一下，接着又拿起她的手，从她的手指上取下婚戒。"她绝不能戴着这东西下葬。"他声色俱厉地叫道，然后便飞身下楼，倏然不见。这件事发生得很奇特而突兀，要不是露茜手指上那只作为新娘标志的婚戒已不翼而飞的事实，就连那些守灵人大概都很难相信这是事实，更不用说让别人相信了。

杰斐逊·霍普在大山中游荡了几个月，过着一种原始的非人生活，他刻骨铭心地时刻想着报仇雪恨。城里到处都在传说，有一个怪人常出没在深山大壑之间，在城外四处徘徊不去。有一次，一粒子弹穿过斯坦杰逊的窗户，射在离他不到一英尺远的墙壁上。还有一次，特雷伯从绝壁下经过时，一块巨石从他的头顶上落下，他连忙倒地，方才幸免于难。这两个年轻的摩门教徒不久便发现了有人企图谋杀他们的原因，于是带领着人马，一再进入深山去追杀他们的敌人。但是，他们总是一无所获。于是，他们便又采取了谨慎的办法，绝不单独外出，每到天黑以后就足不出户了，同时派人守卫他们的住宅。过了些时候，他们认为可以放松警惕了，因为既没有人听到过他们仇人的消息，也没有人再见到他的踪迹，于是他们就希望时间一久，他的复仇心就会冷淡下来了。

　　事情却并非如此，除了报仇以外，再也没有任何别的情绪占据霍普的心灵了。不过，他是一个非常实际的人。不久，他认识到，虽然他的体格十分强壮，但风吹日晒、无遮无蔽，而且又吃不到像样的食物，会使他的体力大大地耗损。倘若他像野狗似的死在大山中，那么，复仇之事又怎么办呢？而且，长此下去，势必会要了他的命，这不正合了敌人的心意？于是，他又回到了内华达他过去待过的矿上，准备在那里恢复一下体力，并且攒些钱，以备继续追踪仇人，而不致陷于贫困之中。

　　他原来打算至多离开一年后就回来，可是由于种种原因无法脱身，他在矿上待了将近五年。虽然五年过去了，但是往日的切肤之痛记忆犹新，复仇决心仍似当年他站在约翰·费里尔坟墓旁那个令人没齿难忘的晚上时一样迫切。他乔装改扮，更名改姓，回到了盐湖城。为了伸张正义，他早已将生命置之度外。他到达盐湖城后，听到了不妙的消息：几个月前，摩门教徒内部发生过一次分裂，一批年轻的教徒反抗长老的统治，后来有相当多的不满分子脱离了教会。他们离开犹他，变成了异教徒。特雷伯和斯坦杰逊也在其中，可是任何人都不知道他们的下落。据说，特雷伯把他的大部分财产设法变卖了，因此在他离开的时候已经是一个腰缠万贯的富翁，而斯坦杰逊相比之下却是相当贫穷。但是，他们现在究竟在何处，丝毫没有线索可寻。

遇到这种情况，不管复仇之心如何迫切，一般人恐怕都会灰心丧气，放弃复仇的打算了，但是，杰斐逊·霍普却从来也没有动摇过。他带着他仅有的一点儿钱财，一个城市一个城市地在美国各地寻找他的仇人。没有钱的时候，他就随便找点儿工作糊口。一年又一年过去了，他的一头黑发变得斑白，但是，他仍旧继续寻找，就像是一只猎犬一样，把他的全部心力都投入到这个他准备为之献出一生的复仇事业上。果然，苍天不负苦心人。他在一个窗口瞥见了仇人的面貌。这一瞥告诉他，他所追踪的那两个仇人就在俄亥俄州的克利夫兰城中。他回到他那破烂不堪的寓所，把他的复仇计划全部安排好。但是，说来凑巧，特雷伯那天从窗口向外张望，也认出了大街上的这个流浪汉，而且也看出了他眼中的杀机。于是，他急忙让斯坦杰逊（他已成为特雷伯的私人秘书了）陪他一起去找治安官，向他报告说：由于一个旧日情敌心怀嫉恨，他们的生命现在处在危险之中。当晚，杰斐逊·霍普便被逮捕了，因为找不到保人而被监禁了几个星期。他被释放出来的时候，发觉特雷伯的住处早已搬空，特雷伯和他的秘书已经前往欧洲。

这一次，霍普的复仇计划又落了空。但是，心头的积恨再一次激励着他继续追踪下去。然而，由于缺乏路费，他不得不又工作了一段时间，挣钱为即将上路做准备。他积蓄了足够维持生活的费用以后，就动身前往欧洲去了。他在欧洲各地，一个城市一个城市地追寻仇人。钱花完了，他就干些低贱的工作。他一直没有追上那两个亡命徒。他赶到圣彼得堡时，他们已经前往巴黎去了。他赶到巴黎时，又听说，他们刚刚动身去了丹麦首都哥本哈根。他赶到哥本哈根时，又晚了几天，他们几天以前就去往伦敦了。他终于在伦敦找到了他们。至于以后在伦敦所发生的事情，我们最好还是引用华生医生日记中详细记载的这个老猎人自己述说的故事。这个故事，我们在前面已经读过了。

六　再续华生回忆录

我们的罪犯的疯狂抵抗显然并非对我们这些人有什么恶意，因为当他发觉再抵抗已无济于事的时候，便温顺地微笑起来，并且表示，希望在扭打中没有伤到我们之中的任何一个。

"我想，你是要把我送到警察局去的。"他对福尔摩斯说，"我的马车就在门外。如果你们把我的腿松开，我可以自己走下去上车。我可不是像从前那样那么容易被抬起来的。"

格雷格森和莱斯特雷德交换了一下眼色，似乎认为这种要求太过分了些。但是，福尔摩斯却接受了这个罪犯的要求，让我们把他脚腕上的毛巾解了。他站起身来，伸了伸双腿，像是要证明一下它们确实又获得了自由似的。我现在还记得，当时我瞧着他的时候心中暗想，我很少见到过比他更魁伟强壮的人了。他那饱经风霜的黑脸上带着一种坚毅而有活力的神情，就像他的体力一样令人生畏。

"如果警察局长职位有空缺的话，我认为你是最合适的人选了。"他注视着福尔摩斯，用钦佩的口气说，"你追踪我的方式确实是无懈可击。"

"你们最好和我一起去吧。"福尔摩斯对那两个侦探说。

"我可以给你们赶车。"莱斯特雷德说。

"好的！那么格雷格森可以和我们一起坐到车里去。还有你，医生，你对这个案子已经发生了兴趣，最好也和我们一块走一遭。"

　　我欣然同意了，于是我们就一同下了楼。我们的罪犯没有一点儿逃跑的企图，老老实实地上了他的马车，我们也跟着上了车。莱斯特雷德爬上了车夫的座位，扬鞭催马前进，很快便把我们送到了目的地。我们被带进了一间小屋，一个面色白皙、神情冷淡的警官机械而呆板地履行着他的职责，把罪犯的姓名以及他被控杀死的两个人的姓名都记录了下来。

　　"犯人将在本周内提交法庭审讯。"他说，"杰斐逊·霍普先生，还有什么话要说吗？我必须事先告诉你，你所说的话都要记录下来，并且可能用来作为定罪的依据。"

　　"我有许多话要说。"罪犯慢慢地说道，"诸位先生，我愿意把事情经过原原本本地告诉你们。"

　　"你等到审讯时再说不更好吗？"这位警官问道。

　　"我也许永远不会受到审讯了。"他回答说，"你们不必大惊小怪。我不是想要自杀。你是医生吗？"说着，他转过头来，用凶恶的目光瞧着我。

　　"是的，我是医生。"我回答说。

　　"那么，请你用手按一下这里。"他微笑着说，并且用他被铐着的双手朝他自己的胸口比画了一下。

　　我用手按了按他的胸部，立刻觉察到里边有一种不同寻常的悸动。他的胸腔微微震颤，就像在一座不坚固的建筑中开动了一台强力马达。在这寂静的房间里，我能够听到他的胸膛里面传出一阵轻微的杂音。

　　"怎么，"我叫道，"你得了动脉血管瘤！"

　　"他们都这样说。"他平静地说，"上个星期，我找了一位医生瞧过。他对我说，过不了几天，血管瘤就要破裂了。这个病已经好多年了，一年比一年严重。我在盐湖城大山里，由于风吹日晒、吃不饱饭得上了这个病。现在我已经报了仇，什么时候死我都不在乎了。但是，我想在死以前把这件事交代清楚，死后好有个记录。我不愿死后被人看成是一个寻常的杀人犯。"

　　这位警官和两个侦探匆匆商量了一下，考虑准许他说出他的经历来是否恰当。

"医生，你认为他的病情确实有突然恶化的危险吗？"警官问道。

"确实是这样。"我回答说。

"如果是这样的话，为了维护法律，显然，我们的职责是首先取得他的口供。"警官说，"先生，你现在可以交代了。不过，我再次提醒你，你所交代的都要记录下来的。"

"请允许我坐下来讲吧。"犯人说着，就不客气地坐了下来。"这个血管瘤使我很容易感到疲乏，何况半个钟头以前，我们扭打了一番，对这个病也不利。我已经是半截入土的人了，所以我是不会对你们说谎的。我所说的每一句话都是千真万确的。至于你们究竟如何处置我，对我来说无关紧要。"

接着，杰斐逊·霍普靠在椅背上，道出了下面这篇惊人的供词。他叙述时从容不迫，并且有条有理，好像他所说的事情平淡无奇。我可以保证，这篇补充供词完全正确无误，因为这是我从莱斯特雷德的笔记本上抄录下来的。他把这个罪犯的供词一字一句地如实记录下来了。

111

"我为什么要恨这两个人，这一点对你们来说无关紧要。他们犯了罪，害死过两个人——一对父女，因此他们偿命也是罪有应得的。从他们犯罪以来，时间已经隔了这么久，我也不可能到任何一个法庭上去控告他们，让他们受到法律制裁了。可是，我知道他们有罪，我打定主意要把法官、陪审团和刽子手的任务全部由我一个人担当起来。如果你们是男子汉大丈夫，如果你们是我，一定也会像我这样做的。

"我刚才说的那个姑娘，二十年前本来是要嫁给我的，可是她却被迫嫁给了这个特雷伯，以致含恨而死。我从她遗体的手指上把这个结婚戒指取了下来，并且发誓一定要让特雷伯瞧着这只戒指毙命，还要让他临死时认识到，是

被捕的杰斐逊向众人一一讲述事情的经过

由于自己作恶，才受到了惩罚。我跑遍了两大洲，追踪特雷伯和他的帮凶。一直到追上了他们为止，这只戒指都一直带在身边。他们打算东奔西跑，把我拖垮，可他们这是枉费心机。即使我明天就死——这是很有可能的，我死前总算知道了：我在这个世界上的任务已经完成了，而且完成得很棒。他们两个人已经死了，而且都是被我亲手杀死的。此外，我就再也没有什么别的希望和要求了。

"他们是有钱人，而我却是一个穷光蛋，因此，追踪他们对我来说并不容易。我到伦敦城的时候，几乎囊空如洗了。当时我发觉，我必须找个工作谋生。赶车、骑马对我来说就是像走路一样平常，于是我就到一家马车厂去找工作，很快就被录用了。每个星期我要向车主缴纳一定数目的租金，剩下的就归我自己所有。剩余的钱并不多，可我总是设法勉强维持下去。最困难的事情是不认得路。我认为在所有道路复杂的城市中，再没有比伦敦城的街道更难认的了。我就随身带上一张地图，等我熟悉了一些大旅馆和几个主要车站以后，我的工作干得顺利起来。

"过了一段时间，我才找到那两个人的住所，我东查西问，直到最后无意中碰上了他们。他们住在泰晤士河对岸坎伯威尔的一家公寓里。只要找到他们，我知道他们就算落在我的手心里了。我已经蓄了胡须，他们不可能认出我来。我紧跟着他们，伺机下手。我下定决心，这一次绝不能再让他们逃脱。

"即便如此，他们还是差一点儿又溜掉了。他们在伦敦走到哪里，我就形影不离地跟到哪里。有时我赶着马车跟在他们后边，有时徒步跟踪。然而，赶着马车却是最好的办法，因为这样他们就无法摆脱我了。只有在清晨或者在深夜我才做点儿生意，赚点儿钱，可这样一来我就不能及时向车主缴纳租金了。但是，只要我能够亲手杀死仇人，别的我就不管了。

　　"但是，他们非常狡猾。他们一定也意识到，可能有人会追踪他们，因此他们绝不单独外出，也绝不在晚间出去。两个星期以来，我每天赶着马车跟在他们后面，一次也没见他们分开过。特雷伯经常是喝得醉醺醺的，但斯坦杰逊却一直毫不疏忽。我起早摸黑地盯着他们，可是总遇不到机会。但我并没有因此而灰心失望，因为我总感觉到，报仇的时刻就要来到了。我唯一担心的却是我的病，怕它过早地破裂，使我的报仇大事功亏一篑。

　　"一天傍晚，当我赶着马车在他们居住的托基路徘徊的时候，忽然看见一辆马车停在他们的住所门前。有人把行李拿了出来，接着，特雷伯和斯坦杰逊也出来了，一同上车而去。我赶紧催马加鞭跟了上去，远远地跟在他们后边。当时，我感到非常不安，唯恐他们又要变更住处。到了尤斯顿车站，他们下了马车。我找了一个小孩儿替我拉住我的马，跟着他们进了站台。我听到他们打听去利物浦的火车，保安回答说，有一班车刚刚开走，几个钟头以内不会再有第二班车了。斯坦杰逊听后似乎很懊恼，可是特雷伯却很高兴。我混在人群中，离他们非常近，可以听到他们的谈话。特雷伯说，他有一点儿私事要去办，如果斯坦杰逊愿意等他一下的话，他马上就会回来。他的伙伴却劝阻他，并且提醒他说，他们曾经决定过彼此要在一起，不要单独行动。特雷伯回答说，这是一件微妙的事，他必须独自去。我听不清斯坦杰逊又说了些什么，只听见特雷伯破口大骂，并且说，他不过是自己雇用的仆役罢了，不要装腔作势地反而对他指手画脚起来。这位秘书先生讨了一场没趣，只好不再多说，只是和他商量，万一他耽误了最后一班火车，就到哈利代旅馆碰头。特雷伯回答说，他在十一点钟以前就会回到站台上来，然后，他走出了车站。

　　"我等了这么久的时刻终于来到了。我的仇人已在我的掌握之中。他们在一起的时候可以彼此相助，分开以后就要任凭我来摆布了。虽然如此，我并没有鲁莽行事。我早已订下了一套计划：在报仇时刻，如果不让仇人有机会明白究竟是谁杀死了他，如果不让他明白为什么要受到这种惩罚，那么，这种复仇是不能令人称心如意的。我的报仇计划早就安排妥当，根据这个计划，我要让害苦了我的人有机会弄明白，现在是恶贯满盈的他受到惩处的时候了。恰巧，几天以前有一个坐我车子的人在布里克斯顿路查看几处房屋，把其中一处的钥匙遗落在我的车里了。他虽然当天晚上就把钥匙领了回去，但是，在此之前我做了一个模子，照原样配制了一把。这样一来，在这个大城市中，我至少找到了一个可靠的地方，可以自由自在、不受搅扰地做我的事情。下面要解决的难题就是如何把特雷伯弄到那处房子里去。

"他沿着大街一直走，进过一两家酒店，在最后一家酒店中几乎停留了半个钟头。他出来的时候已是步履蹒跚，显然已经喝多了。在我前面恰好有一辆双轮小马车，他招呼着坐了上去。我一路紧紧地跟着，我的马鼻子离前面马车车夫的身体最多只有一码远①。我们经过了滑铁卢大桥，在大街上跑了好几英里。可是，使我感到诧异的是，我们竟然又回到了他原来居住的地方。我想象不出，他回到那里去究竟是想干什么，但是，我还是跟了上去，在离这所房子大约一百码的地方把车子停了下来。他走进了房子，马车也就走开了。请给我一杯水，我的嘴都说干了。"

我递给他一杯水，他一饮而尽。

"好些了。我等了一刻钟，或者还要久一点儿。突然，

---

① 当时双轮马车的车夫坐在车的最后面。——译者注

房子里面传来一阵打架似的吵闹声。接着，门忽然打开，走出来两个人，其中一个就是特雷伯，另一个是个年轻的小伙子。这个人我以前从没见过。这个小伙子一把抓住特雷伯的衣领，走到台阶边的时候，便用力一推，飞起一脚把特雷伯踹到了大街当中。'你这个狗东西！'他对着特雷伯摇晃着手中的木棍大声喝道，'竟敢污辱良家妇女，我来教训教训你！'他怒不可遏。要不是这个坏蛋拼命地沿街逃窜，那小伙子一定要用棍子把他痛打一顿的。特雷伯一直跑到转弯的地方，正好看见了我的马车，于是招呼着我，跳上车来。他说：'送我去哈利代私人旅馆。'

"见他坐进了我的马车，我简直喜出望外，心跳得非常厉害。我生怕就在这千钧一发之际，我的血管瘤要迸裂了。我慢慢地赶着马车往前走，心中盘算着究竟该怎么办最为妥善。我满可以把他一直拉到乡间去，在那荒凉无人的小路上和他算一次总账。我几乎已经决定这么办了，可他忽然替我解决了这个难题。他的酒瘾又发作了，叫我在一家豪华大酒店外面停下来。他吩咐我在外面等他，然后走了进去。他在里面一直待到酒店打烊，出来的时候已是烂醉如泥了。我知道，我已胜券在握。

"你们不要以为我会冷不防一刀把他结果就算了事。如果这样做，只不过是死板地执行严正的审判而已。但是，我不会那样干的。我早已决定给他一个机会，如果他能把握住这个机会的话还可以有一线生机。当我在美洲流浪的那些日子里，我干过各种各样的差事。我曾经一度做过约克学院实验室的看门人和扫地工。有一天，教授在讲解毒药问题，把一种叫作生物碱的东西拿给学生们看。这是他从一种南美洲土人制造毒箭的毒药中提取出来的，毒性非常猛烈，只要沾上一点儿，立刻就能致死。我记住了这个毒药瓶子的位置，他们走了以后，我就倒了一点儿出来。我是一个相当高明的配药能手，于是，我就把这些毒药做成了一些易于溶解的小丸，一粒装进一个盒子，同时再放进一粒样子相同但是无毒的。我当时决定，我一旦得手，这两位先生就要每人分得一盒，让他们每个人先吞服一粒，剩下的一粒就由我来吞服。这样做和枪口蒙上手帕射击一样，可以置人于死地，而且还没有响声。从那一天起，我就一直把这些装着药丸的盒子带在身边，现在到了我用上它们的时候了。

"当时已过午夜，将近一点钟了。这是一个凄风苦雨的深夜，风刮得很厉害，大雨倾盆而下。外面虽是一片凄风苦雨，我的心里却是乐不可支——我高兴得几乎要大声欢叫起来。诸位先生，如果你们之中哪一位曾经为着一件事朝思暮想，一直盼了二十多年，一旦唾手可得，那么，你们就会理解到我当时的心情了。我点燃了一支雪茄，吞云吐雾，借此安定我的紧张情绪。可是由于过分激动，我的手不住地颤抖，太阳穴也突突乱跳。我在赶车前行时，看见老约翰·费里尔和可爱的露茜在黑暗中向我微笑。我看得清清楚楚，就像我此刻在这间屋子里看见你们诸位一样。一路上，他们总是在我的前面，一边一个地走在马的两旁，一直跟我来到布里克斯顿路的那所空宅。

117

"到处看不见一个人影，除了淅沥的雨声之外听不到一点儿声音。我从车窗向车里一瞧，只见特雷伯蜷缩成一团，因酒醉而沉入梦乡。我摇了摇他的臂膀说：'该下车了。'

"'好的，车夫。'他说。

"我想，他以为已经到了他刚才提到的那个旅馆，因为他二话没说就走下车来，跟着我走进了屋前的花园。他还有点儿头重脚轻，我不得不扶着他走，以免跌倒。我们走到门口，我开了门，扶着他走进了前屋。我敢向你们保证，一路上，费里尔父女一直走在我们前面。

"'真是黑得要命。'他一面说，一面乱跺脚。

"'我们马上就有亮了。'我说着点燃了一根火柴，把我带来的一支蜡烛点亮。我把脸转向他，用蜡烛照着我的脸。'伊诺克·特雷伯，'我说，'看看我是谁！'

"他醉眼惺忪地盯着我瞧了半天，然后，突然露出恐怖的神色，整个脸痉挛起来。他认出了我，顿时吓得面如土色，晃晃荡荡地后退着，大颗的汗珠从额头上往下滴，牙齿也在上下相叩，咯咯作响。见了他这副模样，我不禁靠在门上大笑不止。我早就知道，报仇是一件痛快的事，可是，我从来没有想到竟会有这样的满足感。

"'你这个狗东西！'我说，'我一直从盐湖城追到圣彼得堡，可是总是让你逃脱了。现在，你游荡的日子终于到头了，因为，不是你就是我，再也见不到明天的太阳了。'说话间，他又向后退了几步。我从他的脸上可以看出，他觉得我疯了。那时，我确实疯了，太阳穴上的血管跳动不止。我深信，当时若不是血从我的鼻孔中涌出来，缓解了压力的话，我的病也许就发作了。

"'你把露茜·费里尔怎么样了？'我一面叫着，一面锁上门，并且把钥匙举在他眼前晃了晃。'惩罚确实是来得太慢了，现在总算是让你落网了。'我说话的时候，他那两片怯懦的嘴唇颤抖着。他想要我饶命，但是很清楚这是毫无用处的了。

"'你要谋杀我吗？'他结结巴巴地说。

"'谈不上谋杀！'我回答说，'杀死一只疯狗，能说是谋杀吗？当你把我那可怜的爱人从她那被残杀的父亲身旁拖走的时候，当你把她抢到你的那个该死的、无耻的新房中去的时候，你可曾对她有过半点儿怜悯？'

"'杀死她父亲的不是我。'他叫道。

"'但是，是你粉碎了她那颗纯洁的心！'我厉声喝道，并把毒药盒子递到他的面前。'让上帝给我们裁决吧。拣一粒吃下去。一粒死，一粒生。你挑剩下的一粒我吃。让我们

瞧瞧，这世上到底还有没有公道，还是我们都在碰运气。'

　　"他吓得躲到一边，大喊大叫起来，哀求饶命。但是，我拔出刀来，直指他的咽喉，直到他乖乖地吞下了一粒，我也吞下了剩下的一粒。我们面对面，一声不响地站了有一两分钟之久，等着瞧究竟谁死谁活。当他脸上显出痛苦表情的时候，他就知道自己已吞下了毒药。他当时的那副嘴脸我怎么能忘记呢？我看见他那副惨状，不觉大笑起来，并且把露茜的结婚戒指举到他的眼前。可这一切只是瞬间，因为那种生物碱起效很快。一阵痛苦的痉挛使他面目扭曲，他两手向前伸开，摇晃着身体，接着就惨叫一声，一头栽倒在地板上。我用脚把他翻转过来，用手摸摸他的心口。他的心不跳了，他死了！

　　"血不停地从我的鼻孔流出来，但是我并没有在意。鬼使神差，我灵机一动，用血在墙上写下了两个字。这也许是出于一种恶作剧的想法，想把警察引入歧途，因为当时我的心情确实是非常轻松愉快。我想起纽约曾有一个德国人被人谋杀，死者身上写着'雷切'这个字眼。当时报纸上曾经有过争论，认为这是秘密党干的。我当时想，这个使纽约人感到扑朔迷离的字眼可能也会使伦敦人困惑不解。于是，我就用手指蘸着我自己的血，在墙上找了个合适的地方写下这个字眼。然后，我回到我的马车上。周围一个人也没有，依然是风狂雨骤。我赶着马车走了一段路以后，把手伸进平时放露茜的戒指的衣袋里，发觉戒指不见了。我大吃一惊，因为这个东西是她留下的唯一的纪念物了。我想，可能是我弯腰查看特雷伯尸体时，它掉了出去。于是，我又赶着马车往回走。我把马车停在附近的一条小巷里，大着胆子走向那所房子——因为我宁可冒着任何危险，也不愿失去这只戒指。我走到那里时和一个刚从里面出来的警察撞了个满怀。我只好装着酩酊大醉的样子，以免引起他的疑心。

119

　　"这就是伊诺克·特雷伯被杀死的经过。然后，我还要用同样的办法来对付斯坦杰逊，替约翰·费里尔报仇雪恨。我知道，斯坦杰逊当时正在哈利代旅馆里。我在旅馆附近徘徊了一整天，可他一直没有露面。我想，大概是因为特雷伯一去不返，使他感到事情有些不妙。斯坦杰逊这个家伙确实很狡猾，一直谨慎提防着。但是，如果他认为只要待在房里不出来就可以躲过我，他就大错特错了。很快，我就弄清了他卧室窗户的位置。第二天清晨，我利用旅馆背后的胡同里放着的一架梯子，乘着蒙眬的曙色爬进了他的房间。我把他叫醒，对他说，很久以前他杀害过人，现在是他偿命的时候了。我把特雷伯受死的情况讲给他听，并且要他同样选择一粒药丸。他不愿接受我给他的活命机会，从床上跳起来，向我扑过来。为了自卫，我一刀刺进了他的心脏。不管采用什么办法，结果都是一样，因为老天爷绝不会让他那只罪恶的手选择那粒无毒的药丸的。

　　"我还有几句话要说。说完了也好，因为我的生命也快完结了。事后，我又赶了一两天马车，因为我想加把劲干下去，挣够路费回美洲去。那天，我的马车正停在广场上，一个破衣烂衫的少年打听是否有个叫杰斐逊·霍普的车夫，说是贝克街221B号有位先生要雇他的车子。我一点儿也没有怀疑就跟着来了。我刚到那里，就被这位年轻人给铐上了。动作之干净利落，倒是我生平少见的。诸位先生，这就是我的全部经历。你们可以认为我是一个凶手，但我自己却认为，我跟你们一样，是一个执法的法官。"

　　他的故事讲得惊心动魄，给我们留下了如此深刻的印象，我们都静悄悄地坐着，听得出神。就连这两位对每个犯罪细节都了如指掌的职业侦探也都听得津津有味。他讲完了后，我们都不声不响地坐在那里，沉默了几分钟，只有莱斯特雷德速记供词的最后几行时铅笔落纸的沙沙声打破了室内的寂静。

"还有一点，我希望多知道一些。"福尔摩斯终于开口说，"我登出广告以后，你那个前来领取戒指的同党究竟是谁？"

这个罪犯顽皮地对我的朋友挤了挤眼睛。"我只能供出我自己的秘密，"他说，"我不愿牵连别人。看到你的广告以后，我也想到这也许是个圈套，但也可能真是我所想要的那只戒指。我的朋友自告奋勇，愿意来瞧一瞧。我想，你一定会承认，这件事他办得很漂亮吧。"

"一点儿也不错。"福尔摩斯老老实实地说。

"那么，诸位先生，"那位警官正颜厉色地说，"法律手续必须履行。本星期四，罪犯将要被提交法庭审讯，诸位先生届时都要出席。开庭以前，他交由我负责。"说时，他按了一下铃，于是，杰斐逊·霍普就被两个看守带走了。

我和我的朋友离开警察局，坐马车回贝克街去了。

七　尾声

　　我们事先都接到了星期四出庭的通知。可到了星期四那天，我们却再也不必去作证了。一位更高级的"法官"已经受理了这个案件，杰斐逊·霍普已被传唤到另一个"法庭"，去进行一次极为公正的审判了。原来，被捕的当天晚上，他的动脉血管瘤就迸裂了。第二天早晨，他被人发现躺在牢房的地板上死了。他的脸上现出平静的笑容，好像临死前回顾年华并未虚度，报仇大业已经如愿以偿了。

　　第二天傍晚，当我们闲谈着这件事情的时候，福尔摩斯说道："格雷格森和莱斯特雷德要是知道这个人死了，一定会气得发疯。这样一来，他们不就失去一次自吹自擂的机会了吗?"

　　"我看不出他们两个人在捉拿凶手这件事上作了多大贡献。"我回答说。

　　"在这个世界上，你做了些什么无关紧要。"我的伙伴尖酸地说道，"要紧的是，你能够使人相信你做了些什么。没关系，"停了一会儿，他又轻松地说，"不管怎样，我也不会放过这件案子的。在我的记忆中，再没有比这件案子更精彩的了。它虽然简单，但是其中有几点却很值得引以为戒。"

　　"简单!"我情不自禁地叫了起来。

　　"是的，的确是简单。除此以外，很难用别的字眼来形容它。"夏洛克·福尔摩斯说。他看到我满脸惊讶的神色，不觉微笑了起来。"你想，没有任何人的帮助，只是经过一番寻常的推理，我居然在三天之内捉到了这个罪犯，这就证明案子实际非常简单。"

"这倒是真的。"我说。

"我已经对你说过，凡是异乎寻常的事物，一般都无大碍，反而是一种线索。在解决这类问题时，最主要的事情就是能够一层层地回溯推理。这是一种很有用的本领，而且也是很容易的，不过，人们在实践中却不常应用它。在日常生活中，向前推理的方法用处更大些，因此人们也就忽略了回溯推理这一层。如果说有五十个人能够进行综合推理的话，那么，能够用分析的方法推理的不过是个把人而已。"

"说老实话，"我说，"我还不太明白你的意思。"

"我也很难指望你能弄清楚。让我试试看能否把它说得更明确一些。大多数人都是这样的：如果你把一系列事实对他们说明以后，他们就能把可能的结果告诉你。他们能够在头脑里把这些事实联系起来，通过思考能得出个什么结果来。但是，有少数的人，如果你把结果告诉了他们，他们就能通过他们内在的意识，推断出导致这种结果的各个步骤是什么。这就是我所说的回溯推理或者分析方法推理的意思。"

"我明白了。"我说。

"现在这个案件就是一个例子，你只知道结果，其他一切必须全凭你自己去发现了。现在让我把我的各个推理步骤尽量向你说明一下吧。我从头说起。正如你所知道的一样，我是步行到那所房子去的。当时，我的头脑里丝毫没有先入为主的成见。我自然要先从检查路面情况着手，就像我已经向你解释过的一样，我在路面上清清楚楚地看到了一辆马车的轮印。经过研究，我确定这个痕迹必定是夜间留下的。由于轮间距较窄，我断定这是一辆出租四轮马车，而不是私家马车，因为伦敦通常所有的出租马车都要比自用马车窄一些。

"这就是我观察所得的第一点。接着，我慢慢地走上了花园中的小路。碰巧，这条小路是一条黏土路，特别容易留下印迹。毫无疑问，在你看来，这条小路只不过是一条践踏得一塌糊涂的烂泥路而已。可是，在我这双久经磨炼的眼睛看来，路面上每个痕迹都是

有意义的。侦探学的所有分支中，再没有比足迹学这一门艺术更重要而又最易被人忽略的了。幸而我对于这门科学一向是十分重视的；经过多次实践以后，它已成为我的第二天性了。我看到了警察们的沉重靴印，但是我也看到最初走过花园的那两个人的足迹。他们的足迹比其他人的在先，这一点是很容易说明的。因为从一些地方可以看出，他们的足印被后来人的足印践踏过，已经完全消失了。这样就形成了我的第二个环节。这个环节告诉我，夜间来客一共有两个，一个非常高大，这是我从他的步幅推算出来的；另一个则是衣着入时，这是从他留下的小巧精致的靴印上判断出来的。

"走进屋子以后，后一个推断立刻就得到了证实。那位穿着漂亮靴子的先生就躺在我的面前。如果这是一件谋杀案的话，那么那个大高个子就是凶手了。死者身上没有伤痕，但是从他脸上显露出来的紧张、激动的表情看，我深信他在临死之前已料到自身命运如何了。假如是死于心脏病，或是其他突发的自然死亡，他的面容上绝不会出现那种紧张、激动的表情。我嗅了一下死者的嘴唇，有点儿酸味。因此，我就得出这样的结论：他是被迫服毒而死的。此外，我说他是被迫的，是从他脸上那种愤恨和害怕的神情推断的。我就是用这种排除法得到了这个结论，因为其他任何假设都不能和这些事实相吻合。你不要以为这是闻所未闻的妙论。强迫服毒在犯罪年鉴中的记载绝不是一件新闻，任何毒物学家都会立刻想到敖德萨①的多尔斯基案件和蒙彼利埃②的莱特里尔案件。

"现在要谈谈'为什么'这个大问题了。谋杀的目的并不是为了抢劫，因为死者身上一点儿东西也没少。那么，这是政治案件呢，还是情杀案呢？这就是我当时面临的问题了。我的想法偏重后一个，因为在政治暗杀中，凶手一经得手，势必立即逃走。可这件谋杀案恰恰相反，干得从容不迫，而且凶手还在房间里到处留下了足迹。这就说明，他自始至终一直是在现场的。因此，这就一定是

① 位于黑海之滨的乌克兰南部港口城市。——编者注
② 法国南部城市。——编者注

一件仇杀案，而不是什么政治性的。只有仇杀案才需要采取这样处心积虑的报复手段。当墙上的血字被发现后，我对我自己的见解也就更加深信不疑了。这是故布疑阵，一望便知。等到发现戒指以后，问题就算确定了。很明显，凶手曾经利用这只戒指使被害者回忆起某个已死的或是不在场的女人。关于这一点，我曾经问过格雷格森，在他拍往克利夫兰的电报中，是否问到特雷伯过去的经历中有没有过任何特殊之处。你还会记得，他当时回答说没有。

"以后，我就开始对这个房间进行了一番仔细的检查。检查结果使我肯定地认为凶手是个高个子，并且还发现了其他一些细节，例如，印度雪茄、凶手的长指甲等。因为房间里并没有扭打的迹象，我当时又得出了这样的一个结论：地板上的血迹是凶手激动的时候流的鼻血。我发觉，凡是有血迹的地方，就有他的足迹。除非是个多血质的人，一般很少有人会在激动时这样大量流血的。所以，我就大胆地猜测，这个罪犯可能是个身强力壮的赤面人。后来，事实果然证明我的判断是正确的。

"离开那所房子以后，我就去做格雷格森疏忽未做的事了。我给克利夫兰警察局长拍了一个电报，仅仅询问有关伊诺克·特雷伯的婚姻情况。回电很明确地说特雷伯曾经指控过一个叫作杰斐逊·霍普的旧日情敌，并且请求过法律保护，这个霍普目前正在欧洲。我当时就知道了，我已经掌握了这个秘密案件的线索了，剩下要做的就只是捉拿凶手了。

"我当时心中早已断定：和特雷伯一同走进这所房子的不是别人，正是那个赶马车的。因为我从街道上的一些痕迹看出，拉车的马曾经随便行动过，如果有人驾驭，是不可能有这种情况的。赶车的人要是不在这房子里，那么，他又能到哪里去呢？还有一点，如果认为任何神经健全的人都会在一个肯定会泄露他秘密的第三者面前实施蓄谋已久的犯罪，这也太荒谬可笑了。最后一点，如果一个人要想在伦敦城到处跟踪着另外一个人，除了装扮成一个马车夫外，难道还有其他更好的办法吗？考虑了这些问题以后，我就得出了这样一个必然的结论：杰斐逊·霍普这个人，必须到首都的出租马车的车夫当中去寻找。

"如果他曾是马车夫，就没有理由使人相信他会就此不干了。恰恰相反，从他那方面着想，突然改变工作反而更可能引人注意。他至少要在一段时间内，继续做这个行当。没有理由认为他现在用的是一个化名。在一个没有人知道他的真名实姓的国家里，他为什么要改名换姓呢？于是，我就让一些街头流浪儿组成了一支侦查队，有步骤地派他们到伦敦城每家马车厂去打听，直到找到了我所要找的这个人为止。他们干得有多么漂亮，我使用这支队伍又是多么迅捷，这些你都还记得很清楚吧。谋杀斯坦杰逊这个环节完全出人意料，但意外事件无论在什么情况下，都在所难免。你已经知道，在这个事件里，我找到了两粒药丸。我早就推想，一定会有这种东西存在。你看，这件案子整个就是一个逻辑严密、环环相扣的链条。"

"真是妙极了！"我不禁叫了起来，"你的这些本领应当公之于众，得到大家认可。你应当发表关于这个案件的评述。如果你不做的话，我来替你做。"

"你看着办吧，华生。"他说，"你且看看这个！"他一面说着，一面递给我一张报纸。"看看这个！"

这是一份今天的《回声报》，他手指的那一段报道的正是我们所说的这个案件。

"公众，"报上这样说，"由于霍普突然死去，因而失去了一个耸人听闻的谈资。霍普是谋杀伊诺克·特雷伯先生和约瑟夫·斯坦杰逊先生的嫌疑人。据可靠消息，这是一件由来已久的桃色纠纷犯罪案件，其中涉及爱情和摩门教等问题。但是这个案件的内幕实情，可能永远不会揭晓了。据悉，两个被害者年轻时曾经都是摩门教徒，已死的在逃犯霍普也是来自盐湖城。如果说这个案件并无其他作用的话，至少它可以极为突出地说明我方警探破案之神速，并且足以使所有外国人等引以为戒：他们还是在本国之内解决他们之间的纠纷为妙，最好不要把这些纷争带到不列颠的国土上来。破案神速之功完全归于苏格兰场的知名警官莱斯特雷德和格雷格森两位先生。这已经是一件公开的秘密。凶手据说是在一位叫夏洛克·福尔摩斯的先生的家中被捕的。作为一名私家侦探，此人在探案方面也表现出了一定的才能。他在这样两位导师的教诲之下，将来势必能像他们一样获得一定的成就。预计这两位警官将荣膺某种奖赏，作为对他们劳绩的适当认可。"

"我一开始不是这样对你说过吗？"福尔摩斯大笑着说，"这就是我们对血字研究的全部结果：给他们挣来了褒奖！"

"不要紧。"我说，"全部事实经过都记在我的笔记本里，公众一定会了解真相的。这个案子既然已破，你也就该感到心满意足了，就像罗马守财奴所说的那样——笑骂由你，我自为之；家藏万贯，唯我独赏。"